綾乃は自分の心の声が
俺に聞こえているとも知らず、
いたずらっぽく微笑んだ

仁武幸太【にたけ こうた】
16歳の男子高校生。
神様に「女の子の心の声が聞こえる」力を
与えられ、塩対応の幼なじみ・綾乃の
こじらせ片想いに気づいてしまう。
夢見ヶ崎綾乃【ゆめみがさき あやの】
幸太の幼なじみ。
ある出来事から幸太につれない態度をとっていたが、
本当は彼への片想いをこじらせまくっている。

【あまつ ねこひめのかみ】
天津猫姫神
幸太に「心の声が聞こえる」力を授けた神様。
本人いわく偉い神様だが、幸太が見た感じ
かなりのへっぽこ。「ち○～る」が大好物。
【さいおんじ みずき】
西園寺みずき
幸太の親友で、親は大富豪。
中性的な外見で、特に少し首を傾げた
ポーズがたまらない、と
クラスの男子からある意味で大人気。

妹の結奈は
俺の部屋の
前まで来ると、
ノックもせず
扉を開いた。

（ち、近い！
こうちゃんの顔が
すぐそこに！）

いっつも塩対応な幼なじみだけど、俺に片想いしているのがバレバレでかわいい。1

六升六郎太

HJ文庫
921

口絵・本文イラスト　bun150

目次

プロローグ

高校生になった今でも、よく覚えている。

踏(ふ)んだらギシギシと音を立てる小学校の教室の床(ゆか)。小さな運動場に響(ひび)く賑(にぎ)やかな声。ところどころ穴の空いたオンボロな机。

国語の授業は嫌(きら)いだった。算数の授業は眠(ねむ)くなった。社会の授業ではこっそりとなりの奴(やつ)と昨日見たアニメの話をした。

同じことを繰(く)り返(かえ)しているようななにもない毎日が、俺(おれ)はそこそこ好きだった。

そしてあの日も、そんな日々が続くだけだと思っていた。

放課後。教室の隅(すみ)で、女子たちが集まってわいわいと騒(さわ)いでいる。

「すごいよ、綾乃(あやの)ちゃん！」「おもしろかったよ！」「また続きが書けたら読ませて！」

みんな口々にそんなことを言って、一人の女子を褒(ほ)めたたえていた。

だけどそんな景色も、俺にとっては見慣れた日常の一つだった。

幼馴染(おさななじみ)の夢見ヶ崎(ゆめみがさき)綾乃は、ここ一年足らずの間、度々(たびたび)自作の小説を周囲の人に読ませては、やれ天才だとか、やれ作家先生だとか、そんな称賛を惜しげもなく浴びていた。

当時の俺は読書などという高尚な趣味からは縁遠い人間だったが、綾乃が書いた小説はいつも半ば強制的に読まされることとなった。しかし、実際読んでみると、普段読書をしない俺ですら、綾乃の小説は素直におもしろいと思えた。

「やっぱり綾乃ちゃんは海藤一花先生の娘だね！　すごい才能！」

そんなことを、誰かが言った。

綾乃の両親は離婚していて、今は父親と二人で暮らしている。

そしてその母親は、誰もが知っている有名な小説家、海藤一花だった。そのことはクラスメイトならば誰もが知っていることだ。そのせいもあってか、綾乃のいるクラスでは小説に興味を持つ者も多かった。

綾乃の母親のペンネーム、海藤一花の名前を出してしまった女子が慌てて口をつぐんだ。

「あっ！　ご、ごめん！　お母さんの話、しない方がよかったよね……」

その頃はまだ、綾乃の両親が離婚してから一年も経っていなかった。クラスメイトたちは、そのことにショックを受けているであろう綾乃を気遣い、できる限り海藤一花の名前は出さないようにしていた。

綾乃は、静かに首を横に振る。

「……ううん。大丈夫。もう、気にしてないから」

今にも消え入りそうな小さな声。よく見れば顔色も優れない。

綾乃の様子がおかしいことに気づいたのか、それから女子たちはあれやこれやと綾乃の書いた小説を褒めちぎった。そうしてもう褒めることもなくなると、みんな満足して帰って行った。

だが、綾乃はその集団とは一緒に帰らず、教室の隅でいそいそと算数のプリントをしていた俺のもとへやってきた。

「こうちゃん、さっきからずっとなにしてるの？」

「……算数のプリントだよ」

「あぁ。そう言えば算数の授業中、ずっと寝てたわね」

「けど、もうすぐ終わる。綾乃は？　あいつらと一緒に帰らないのか？」

「……ええ。今日は、ちょっと気分じゃないから」

さっき海藤一花の名前を聞いたせいで、家を出て行ってしまった母親のことを思い出したのか、綾乃の表情は未だに曇っている。

「そうか……」

再び算数のプリントに視線を移すと、綾乃がか細い声を震わせた。

「……ねぇ、こうちゃん」

「ん？　なんだよ」

　プリントから目を離さずにそうたずね返すと、綾乃は前の席に腰かけ、「もう、読み終わってるわよね？」と囁いた。

　ドキリとしながらも、その言葉の意図をくみ取り、二日前に借りた綾乃のノートを鞄の中から取り出した。

　これは、ここ最近綾乃が小説を書くのに使用しているノートで、よくクラス内で回し読みされているため、縁の方がやや色あせていた。

　ノートを机の上に置くと、綾乃はその表紙を指でなぞり、「感想は？」と単刀直入に聞いた。

　どんよりと顔を曇らせた綾乃の瞳が、じとりとこちらを捉える。

　俺は返答に迷い、目を逸らした。

「さ……さっき、あいつらが散々言ってただろ」

「私はこうちゃんの感想が聞きたいの」

「いや、でも……」

「お願い。聞かせて」

綾乃は懇願するように俺の手を握ると、ぐっと顔を近づけた。

その真剣な眼差しに、自ずと視線は吸い寄せられる。

一瞬、適当な言葉を並べてこの場をやり過ごそうかとも考えたが、俺の手をぎゅっと握った綾乃の力強さに気圧され、思いとどまった。

そして、観念して正直に答えた。

「…………………おもしろくなかった」

いつの間にか俺と綾乃だけになっていた教室に、時折、運動場で遊んでいる生徒たちの声が聞こえてくる。

そのうち、俺の感想を聞いた綾乃が、どこがおもしろくないのよ、とか、こうちゃんは小説のことなんて全然わかってないのね、とか、そんな生意気なことを言い返してくるだろうと思っていた。

けれど、綾乃の反応は俺の予想とは違っていた。

綾乃は目にいっぱいの涙を溜めて、わなわなと唇を震わせ始めたのだ。

「あ、綾乃……？」

その様子に面食らった俺は、どうしていいのかわからなくなって、じっと綾乃の顔を見つめていた。

真っ白になった頭の中に、綾乃の弱弱しい声が聞こえてくる。

「そっか……。やっぱり……やっぱり、こうちゃんは……こうちゃんだけは……」

そう言った綾乃の目から、一筋の涙が頬を伝い、机の上に置いてあるノートの上にポタリと落ちた。

それを見て、俺はようやく自分が犯してしまった過ちに気がついた。

謝らないと！　そう思って、どうにか口を開く。

「あ、綾乃、俺――」

けれど、俺の言葉は綾乃に遮られた。

「ごめん。……今日はもう、帰るね」

綾乃はそう吐き捨てると、踵を返し、教室から飛び出してしまった。

あとに残されたのは、机の上に置きっ放しになった綾乃のノートと、幼馴染を傷つけてしまった罪悪感だけだった。

やっぱり正直に言うんじゃなかった……。せめてもう少し、優しく言うべきだった……。

取り返しようのない後悔に、どっとため息をつき、机の上にうなだれた。

「明日、綾乃が学校に来たら朝一で謝ろう……」

けれど、俺が待っていた明日は来なかった。

なぜなら、綾乃はその日を最後に、突然引っ越し、転校してしまったからだ。

もしもあの時、俺が綾乃の小説を悪く言わなければ……。

もしもあの時、教室を飛び出した綾乃をすぐに追いかけていたら……。

なにかが、変わっていたのだろうか?

第一章『猫を助けて超能力が使えるようになりました　※あくまで個人の感想です』

がたん、と体に振動を感じ、驚いてはっと目を見開いた。

どうやら電車内の座席で眠ってしまっていたようで、さっきの衝撃は車体の揺れらしかった。驚いて目を覚ました拍子に、膝の上に抱えていた学生鞄を床に落としてしまい、それを見た周囲の乗客がクスクスと笑っている。

俺は恥ずかしさを感じながらも、落ち着いた風を装って鞄を拾い、車窓へ目を向けた。

寝過ごしてはいないみたいだな……。てことは、寝てたのはせいぜい二、三分か。

さっき見た夢に出ていた、古い幼馴染の泣き顔が脳裏にチラついた。

どうして今更、あんな夢を……。

対面の窓ガラスに、反射した自分の顔が映り込む。

少し緩んだネクタイに、峰淵高校指定の紺のブレザー。昨日夜更かししたせいか、目元にはほんのりとクマが浮かんでいて、猫背と相まって全体から陰鬱な雰囲気が漂っている。

自分で言うのもなんだが、朝っぱらから見ると縁起が悪くなりそうな人相だった。

「おはよう、幸太（こうた）っ。よく寝てたねっ！」

声をかけられてそちらに視線をやると、見覚えのある男子生徒の姿があった。

「なんだよ、みずきか」

「なんだよとはなんだよぉ。挨拶（あいさつ）してるんだから無視しないでよぉ」

「……おはよう、みずき」

「うんっ！　おはよう、幸太っ！」

この屈託（くったく）のない眩（まぶ）しい笑顔（えがお）を振りまいている西園寺（さいおんじ）みずきという生徒は、俺の数少ない友人の一人……というか、もう二年生になったっていうのに、俺にはみずき以外に友達らしい友達もいなかった。

色素の薄（うす）い髪（かみ）をショートに切りそろえていて、活発そうな大きな瞳をしている。一年生の時、教室で初めてみずきの姿を見た時は完全に女子生徒だと勘違（かんちが）いしてしまったが、れっきとした男子である。だがそれほどまでに、みずきは中性的な顔立ちをしているのだ。

まぁ、女子にしては胸もないし、制服も俺と同じ男物を着てるけど……。

だが、妙（みょう）に細くなっている腰のくびれや、こてんと首を傾（かし）げた時のかわいらしい表情などを見ていると、そのたびに俺の胸はざわめきを禁じえなかった。

みずきはつり革（かわ）に掴（つか）まり、やや前傾（ぜんけい）姿勢になってぐっと顔を寄せてくる。

「でもよかったぁ。二年でも幸太と一緒のクラスになれて」

「……いや、それより、ちょっと近いんだけど――」

「え？　なんて？　声が小さくて聞こえなかったよ？」

こてん。

そうだよ、その顔だよ。かわいすぎだろちくしょう。

みずきの肩をぐっと奥に押し込んで前傾姿勢をやめさせると、改めて居住まいを正した。

「つーか、俺たちが二年生になったのはもう二週間も前の話だろ。なんでまだそんなこと言ってるんだよ」

「えへへー。だって、また幸太と一緒のクラスになれて嬉しいんだもんっ！」

その笑顔、プライスレス。

◇　◇　◇

峰淵高校の校舎は、上から見下ろすとカタカナの『コ』と同じような形をしており、それぞれ上辺を北校舎、右辺を東校舎、下辺を南校舎と称している。

さらに峰淵高校の敷地は南校舎のさらに南まで延びていて、今は物置としてしか使われていない旧校舎と、その向こうに新築の体育館が設けられていた。

俺が振り分けられている二年二組の教室は、北校舎の二階の一番奥に位置している。

正門がある東校舎の方から中へ入り、用意されている靴箱から上履きを取り出したところで、となりにいたみずきが「あっ」と思い出したように声を漏らし、顔を曇らせた。

「聞いてよー、幸太。今日からお昼休みと放課後にあれやらないとだめなんだよー」

あれ、と言われて、数日前のホームルームでの担任教師の話を思い出した。なんでも、最近校内で忘れ物や落とし物が頻発しているので、うちのクラスの誰かが昼休みと放課後に放送で呼びかけて注意を促してくれ、ということだった。

この面倒な役をどのクラスが受け持つかで教師陣がくじ引きをしたらしく、うちの担任が見事その名誉ある敗北を喫したらしい。そしてさらにうちのクラスで再度くじ引きを行い、みずきが選ばれたというわけだった。

「忘れ物注意の放送とかいうやつか。そう言えばみずき、くじ引きで負けてたもんな」

「もー。どうしてうちの学校には放送部がないんだよー。ていうか、普通こういう仕事は先生がやるべきだよ！　幸太もそう思わない？」

怒った顔もかわいいなぁ。

「ちょっと幸太、聞いてる？」

「え？　あぁ、聞いてる聞いてる。災難だったな。ま、頑張れよ」

「他人事だなぁ……」

◇　◇　◇

教室にたどりつくと、窓際から数えて二列目の一番後ろの席に腰かけた。みずきもその一つ前の席に座ろうと椅子を引いたが、不意に横から女子生徒の声が飛んできて動きを止めた。

「あの……西園寺君、ちょっといいかな？」

「え？　ボク？」

みずきはその整った容姿と明るい性格が相まって、一年生の頃から男女問わず好かれてきた。みずきと一緒にいる時に、何度か女子生徒が告白のためにみずきを呼びに来る場面に遭遇したことがある。

みずきの奴、また告白でもされるのか？

そう思い、教室の隅まで移動した二人の姿を見つめていると、みずきは女子生徒から一枚の紙切れを手渡され、あからさまに訝しげな表情を浮かべた。

それから二言三言言葉を交わすと、話を終えたらしいみずきがこちらに戻ってきて、俺の前の席にどっかりと腰を下ろした。

「おい、みずき。どうしたんだ？　その紙切れ、ラブレター……じゃないよな？」

「見てよ、これ」

俺の机の上に差し出された紙切れに目を落とすと、それは一枚の写真だった。

中央では制服姿のみずきがにっこりと微笑んでいるが、みずきの視線はカメラの方を向いておらず、それがみずきの了承を得ずに撮られたことは容易に想像できた。

「隠し撮りか？　背景を見る限り、通学路かどこかだろうけど……」

「そうみたいだね。昨日の放課後、さっきの子が一階の廊下で拾ってくれたらしいんだけど、誰が落としたのかまでは見てないってさ。ま、たまーにあるんだよね、こういうこと」

「すげぇな。たまにあるのかよ」

「でも、こういう紙での写真っていうのは珍しいかな」

「最近はスマホだしな。……これって、わざわざスマホかデジカメで撮影した写真をプリントアウトしたってことだよな？　なんでそんなことする必要があるんだ？」

「う～ん……。なんでだろうね？」

こてん。

だからこてんやめて……。好きになっちゃうでしょ……。

みずきはいつも通りかわいらしく首を傾げたあと、少しだけ困ったようにぼそっとつけ加えた。

「けどまぁ……勝手に写真を撮られるのは、あんまり気分がいいものじゃないよね」

「まぁ、そうだよな……」

みずきは落ち込んだ様子で、机の上に置いてあった写真をスッと俺の方へ押し出した。

「というわけで、この写真は幸太にあげるよ」

「なんでだよ。いらねぇよ」

「まぁまぁそう言わずに」

「いやいやいや、なにが悲しくて男友達の写真を持っておかなくちゃならないんだよ」

「だってさぁ、どこの誰が撮ったかもわからない写真を自分で持っておくのって、なんかちょっと嫌なんだもん」

「友達が自分の写真を持ってるのも大概嫌だろ」

「えー？　そうかなぁ？　別に知り合いが持ってる分には構わないけどなぁ」

「つーか、誰かにやるくらいだったらさっさと捨てちまえよ」

「う〜ん……。自分で自分の写真を処分するのもちょっとなぁ……。やっぱり幸太が持っててよ。いらなくなったら捨ててくれていいからさ」

「よし。わかった。今からそこのゴミ箱に捨ててきてやる」

「……目の前で捨てるのはやめてほしいなぁ」

結局みずきの写真を押しつけられてしまった……。

写真の中のみずきはにっこりと楽しそうに笑っている。

あぁは言ったけど、結構いい写真だな。撮った奴はみずきの良さをよくわかってる。

写真をまじまじと眺(なが)めていると、付近にいたクラスメイトの視線が妙に痛く感じた。

まずい……。これ以上この写真を見つめていたらあらぬ誤解を生みそうだ……。さっさとしまっておこう。

俺はみずきの写真を大切にポケットへしまい、何食わぬ顔で窓の外に視線を向けた。

教室の窓からは青空が見渡(みわた)せ、数羽(すうわ)の鳥が飛(と)び交っている。そしてその窓のすぐ手前には、空席の机がぽつんと一つ置いてあった。

「そう言えば、俺のとなりって空席だけど、片づけたりしなくていいのか？」

　そう呟(つぶや)くと、前の席に座っていたみずきが顔だけをこちらに向けた。

「あれ？　知らないの？　そこって転入生が来るみたいだよ」

「転入生？」

「うん。本当は二週間前、ボクらと一緒に二年生を始める予定だったみたいだけど、家庭の事情で少し遅(おく)れてるんだってさ。雨宮(あまみや)先生が最初に説明してたの、聞いてなかったの？」

「そ、そうだっけ？」

　みずきは、「そうだよー」と不満そうに眉(まゆ)をひそめた。

　ちょうどその時、がらりと教室の前の扉(とびら)が開き、黒のスーツを着た女性が入ってきた。

　クセのある黒髪(くろかみ)を一つに結(ゆ)い、それを肩から、一際(ひときわ)大きな胸に向かってさげている。

　女性は抱えていた出席簿(しゅっせきぼ)を教卓(きょうたく)に置くと、生徒たちが席につくのを促すように、鋭(するど)い視線で教室内を見渡した。

　この雨宮百合(ゆり)という女性は、うちのクラスの担任をしている英語教師で、俺とみずきは一年生の時からずっと雨宮先生のクラスだった。

　雨宮先生は「はぁ……」とだるそうにため息をつくと、キッとこちらを睨(にら)みつけた。

「二武(にたけ)君。二武幸太君」

「え？　あ、はい。なんですか、雨宮先生？」

「先生は今とても機嫌が悪いのです。そしてあなたの縁起の悪そうな顔を見ていると一層機嫌を損ねました。だから反省して、ホームルームが終わるまで立っていてください」

「……はい？　え？　ど、どうしてですか？」

「そこに立ちなさい」

「嫌です」

「……はぁ。これだから二武君は……」

どうしてこの人は機嫌が悪くなるたび、俺に当たるんだろう……。

雨宮先生は出席簿を開き、しばらくそこに視線を落とすと、改めて口を開いた。

「えー。冗談はこのくらいにして……。みなさん、おはようございます。遅刻者、欠席者はいないようですね。大変結構。二武君も元気そうでなによりです」

俺だけ名指しして目立たせるのやめて……。

「最近、校内での忘れ物や落とし物が頻発しています。学年が上がり、高校での生活にも慣れてきた頃だとは思いますが、どうか気を緩め過ぎないように。また、何度も言うようですが、今の段階から受験を視野に入れた勉強も――っと、すいません。今日は外に人を待たせているんでした……」

雨宮先生は教室の扉に向かって、「もう入ってきていいですよ」と声をかけた。すると、それに呼応するように、すーっと扉が横にスライドし、一人の少女が入室した。

床と上履きがきゅっと擦れるたび、両手で持った学生鞄の金具がかちゃりと鳴る。

腰までまっすぐ伸びた黒髪が、空気を含んでふんわりと曲線を描く。ふっくらとピンク色に染まった唇と、どこか憂いを感じさせる大きな瞳。

雨宮先生に促され、少女は黒板につらつらと自分の名前を書いた。

俺は、窓際から二列目、その一番後ろ。少女から一番遠い場所に位置するこの席から、教室にいる他の誰よりも、少女のことを見つめていた。

まさか……。どうして、あいつがここに……。

黒板に名前を書き終えた少女は、凛とこちらを振り返る。

「はじめまして、夢見ヶ崎綾乃です。今日からよろしくお願いします」

そこに立っていたのは、紛れもなく、俺の幼馴染である夢見ヶ崎綾乃だった。

昔の無邪気な雰囲気は薄れ、大人びて落ち着いた雰囲気が漂い、体つきもかなり変わっているが、目にはあの頃の面影が残っていた。

電車の中で夢に見た、涙を浮かべて教室を飛び出していく綾乃の姿を思い出した。

雨宮先生が言う。

「では、夢見ヶ崎さんはあちら、窓際の一番後ろの席に座ってください」

「はい」

綾乃がこちらに近づいてくると、教室内にざわざわと囁き声が飛び交った。

「うわぁ、綺麗……」「髪ながぁい」「スタイル抜群……」

そんな羨望の眼差しをものともせず、綾乃はとうとう俺のすぐそばまでやってきた。

前の席に座ったみずきが「幸太、どうしたの?」と声をかけた。

どうしてそんなことを問われたのか考えて、ようやく、自分が席から立ち上がり、綾乃の行く手を塞いでいるからだと気がついた。

あれ? 俺、なにして……。

またも、教室がざわつく。

「なんだ?」「ん? 二武君がとおせんぼしてる?」「まさか告白、とか……?」「えー。まっさかー。だってあの二武君だよ?」「はは。だねー」

どの二武君だよ、と思いながらも、心臓だけはバクバクし続け、視線は綾乃に釘づけになった。

ずっと、あの時傷つけてしまったことを後悔してた。

連絡先もわからなくて、今までどうしようもなかった……。

けど、今……目の前に、綾乃がいる！

「あ、綾乃、俺──」

言いかけたところで、綾乃が遮る。

「邪魔よ。どきなさい」

「…………………………あ……さーせん………」

その後、何事もなかったように自分の席に戻ると、教室中から口々にひそひそ声が聞こえてきた。

「ちょ、なに今の⁉」「二武君、一刀両断（笑）」「フラれたか～」「二武、残念！」「夢見ヶ崎さんってちょっと怖い系？」「二武君って暗いけどおもしろいよねー！」

それからしばらく、陰で特攻隊長と呼ばれるようになった。

もう消えてなくなりたい……。

◇　◇　◇

昼休み。俺の机で弁当を囲みながら、みずきが冗談めかして言った。

「幸太、元気出しなって」

「ふふふ。知ってるか、みずき。人はな。本当に落ち込んだ時、なぜか笑顔になるんだぜ」

「それ、たぶん幸太だけだと思うけど……」

くそっ……。ただ昔のことを謝りたかっただけなのに、どうして告白しようとして撃沈した、みたいな感じになってるんだ……。

「でも、本当にあれなにしようとしたの？　告白しようとしたみたいに見えたけど、幸太ってそんなことするタイプじゃないよね？」

「あぁ、みずき……。お前だけだよ、俺をわかってくれるのは」

「あはは。もう一年のつき合いになるしね。それで？　今朝の奇行の理由はなんなのさ？」

「実は……」

と、そこまで言いかけて、背筋に冷たいものを感じ、視線を横にずらした。するととなりの席で、目の前の弁当には一切手をつけず、こちらを睨み続けている綾乃と目が合った。

「ひっ」

「ん？　どうしたの、幸太？　……ひっ」

みずきは慌てて口元を隠し、小声で、

「ちょ、ちょっと！　夢見ヶ崎さんめちゃくちゃ睨んでるんですけど！」

「あぁ……。今朝ので怒らせたのかもしれん……。どうしよう……」

「どうしようって……ひぇぇ。まだこっち睨んでる……。ど、どうして？　今朝のだけであんなに怒るものなの？」

「……いや……実はその……あいつとは幼馴染で……」

「えっ⁉　そうなの⁉」

「で、昔、俺が綾乃をめちゃくちゃ怒らせちまって……。たぶん、まだそのことを根に持ってるんだと思う……」

「いったいなにすればあんなに怒らせることができるのさ……。あれは幸太を殺しかねない目だよ！」

「う、う〜ん……そ、それが――」

「あ！　やっぱり言わないで！　これ以上かかわってボクまで標的にされたくないもん！」

「ひでぇ……」

みずきはもう一度綾乃の方を見て「ひぇ」と声を漏らすと、目を背けるようにしてそそくさと弁当を片づけ、前にある自分の席に向き直った。

……。

…………。

……………。

あの、そろそろ睨むのやめてくれませんか？

昼休みも終わりに差しかかった頃、みずきは鞄から一冊の文庫本を取り出した。

「あれ？　みずきって本とか読んだっけ？」

「なんだよー。ボクが本読んじゃいけないのかよー」

やべぇ。その頬っぺた膨らませるやつめちゃくちゃどストライクなんですけど。

ちょっとつつかせてもらってもいいですか？

本気でみずきの頬っぺたをつつくかどうかを自問自答していると、みずきは思い出したように言った。

「そう言えば、幸太も読書が趣味なんだっけ？　学校で読んでるところ全然見ないけど」

「俺は家でじっくり読みたい派だからな」

みずきは持っていた本を俺の目の前で掲げると、

「ちなみに幸太はこの本、読んだことある？」

みずきが掲げた本の表紙には、田舎町の海沿いをバックに、二人の男女が背中を向けて手を繋いでいるイラストが描かれていた。水彩画で描かれていて、どこかプラトニックな雰囲気を漂わせている。

みずきは、そこに記載されている作者名とタイトルを読み上げた。

「詩仁竹子の『海岸線で君想う時』。これ、内容は主人公とヒロインがひたすらいちゃいちゃするだけの恋愛物なんだけど、節々で恋する乙女の心情をきっちり表現してるというか、すっと心の中に入ってきて共感できるというか、とにかく今女子高生の間で大人気の小説なんだよ！　詩仁竹子先生はこれがデビュー作とは思えないくらいの達筆で……ほら、えーっと……あの有名な作家の……そう！　海藤一花！　あの人の文章とどことなく雰囲気が似てて、ちょっと硬い表現とかもあるけど、とってもおもしろいんだぁ」

ガタン、と横でなにか大きな音がすると、教室中の視線が一斉にそこへ集中した。

机に両手をついて立っている綾乃と、そのすぐ真後ろで倒れている椅子。見た限り、綾乃が勢いよく立ち上がり、そのせいで椅子が転がったのだと容易に想像できた。

ただ、見ている全員がしんと静まり返った理由は、その綾乃の表情があまりにも怒りに満ち溢れていたからに他ならなかった。

たしか、海藤一花って綾乃の母親のペンネームだよな……。でも、母親の名前が出てきたからってそんなに怒ることか……？

綾乃がギラギラと血走った目をみずきに向けると、みずきは「ひっ」と声を漏らした。

そして綾乃は、床に転がった椅子を片づける素振りも見せず、これから人でも殺しに行きそうな形相のまま、教室から出て行った。

みずきはぶるぶると体を震わせ、

「……こ、こわー。ボク、夢見ヶ崎さんになにかしちゃったのかな？」

「ま、まぁ、気にするな……」

目に涙を浮かべているみずきは、ふと、綾乃が倒した椅子の辺りを凝視した。

「あれ？　あそこ、なにか落ちてる？」

みずきはとことこと綾乃の席まで近づくと、そこに落ちていた手のひらサイズの手帳をひょいと持ち上げた。暗い赤色を基調とした装丁の手帳で、勝手に開かないようにしっかりとボタンで留められている。

「これ、もしかして夢見ヶ崎さんの手帳？　どこかに名前とか書いてないかな？」

みずきは手帳をいろんな方向に回しながら、名前が記入されていないかを確認した。

「ないなー。中を見ればわかるかもしれないけど、さすがにまずいよね……」

直後、ガタンッとすごい音を立てて、教室の扉が開かれた。見ると、さっき出て行ったばかりの綾乃が、ぜいぜいと息を切らしながら立っていて、こちらを睨んでいた。

そして、みずきが持っている手帳を見るや否や、綾乃は慌てて走り出し、目を血走らせて手帳を勢いよくぶんどった。

綾乃が手帳をぶんどった時の腕の勢いで、ヴォンと空気が引き裂かれる音が周囲に響く。

人間の腕ってそんな音鳴るんですね……。

みずきは、自分の顔面スレスレを綾乃の腕が通過したというのに、身じろぎ一つもできず、ただカタカタと震えるだけだった。

「あ……あの……ボク……その……拾っただけで……」

しどろもどろなみずきを、綾乃が睨む。

「……中、見た？」

ふるふる首を横に振るみずき。

「本当？」

かたかた首を縦に振るみずき。

「もし見てたら――殺す」

あわあわ涙を流すみずき。

そして、綾乃はまた教室を去って行った。

動かなくなったみずきの肩に、ポンと手をのせる。

「だ、大丈夫か？」

「……だめかもしんない」

「だめかぁ……」

まぁ、なんだ……。

強く生きろ。

◇　◇　◇

その日の帰り道、一人で学校の最寄り駅まで歩いていると、その途中でざぁざぁと雨が降り始めた。傘を持ってきていなかったのでしかたなく通学鞄を傘にして、家路を急ぐ。

結局、綾乃とは一言も口をきけなかったな……。

そんなことを考えながら赤信号で立ち止まっていると、足の間を一匹の猫がするりとすり抜けた。

驚くほど真っ白な毛並みで、ピンと尻尾を立たせ、気品のある顔立ちをしている。

綺麗な猫だなぁ……。どこかの飼い猫かな？

見ていると、猫はそのまま赤信号をスタスタと歩き出してしまった。

おいおい……。まだ赤信号だぞ……って、猫はそんなことわからないよな……。

ま、車も来てないし、別に安全……………えっ？

視線を横に向けると、あろうことか、一台の大型トラックがこちらへ向かってきている最中だった。

「……マジかよ」

慌てても一度猫の方を見るが、猫は遅々とした足取りで、まだ横断歩道を半分くらいしか渡っていなかった。

あ、轢かれる……。

そう思った時には、勝手に体が動いて走り出していた。

けたたましく鳴り響くクラクションの音。それに驚いて硬直する白い猫。何故かその真ったただ中へ飛び出している俺。

トラックは、もうすぐそこまで迫っている。

やば……。これ、死ぬんじゃね？

死を覚悟しながらも、猫に伸ばした手がもう少しで届きそうになった時、濡れたアスファルトに足を取られ、俺の体はそのまま前方に大きく転がってしまった。

天地がひっくり返った世界で、ごてんと頭を打ち、目の中に光が飛び散った。

「いたた……」

恐る恐る瞼を開くと、さっきまですぐそこにいたトラックが、そのまま後ろ姿を見せて過ぎ去っていくところだった。

俺の体はどうやらぎりぎりのところで歩道を渡り切っていたらしく、勢い余って民家のコンクリート塀に突っ込んでしまったらしい。

「た、助かった……のか？」

「にゃー」

「ん？」

どうやら転んだ拍子に猫を抱え込んだようで、腕の中で白い猫がもぞもぞと動いていた。

「おー。お前も助かったか。お互い命拾いしたな。これからはきちんと周りに気をつけて歩けよ」

ま、人間の言葉なんてわかるわけないか。

腕の中からスルリと抜け出した猫は、こちらを振り返り、「にゃー」と一鳴きした。

「……ん？」

そのまま立ち呆けていると、今度は猫が足元まですり寄ってきて、ぐいぐいとズボンを口で引っ張った。

「なんだ？」

そしてもう一度少し遠くへ行き、「にゃー」と一鳴き。

まさか、ついて来いって言ってるのか？　なに？　助けたお礼になにかくれるとかそういう流れ？　そう言えばそんな映画あったな……。え？　あれってドキュメンタリーだったの？

「にゃー！」

「……………」

◇　◇　◇

すっかり雨水を吸って重くなった鞄を傘代わりに、猫のあとをつけて街を練り歩いた。

雨の中なにやってるんだろう、俺。

そんなやりきれない思いが去来し始めた頃、先行していた猫は古びた石畳の階段にひょいと足を踏み込んだ。すぐ脇に立っている石柱には、『神楽猫神社』と彫られている。

神楽猫神社……？　猫？　え？　マジで？

半信半疑で猫のあとを追ってきた俺だったが、なにやら猫に所縁のありそうな神社の名前を見ると、ちょっぴり期待やら不安やらを感じずにはいられなかった。

「にゃー」

もうすでにかなり上の段にいる猫が、こちらを振り返って鳴いている。

ゴクリと唾を飲み込み、再び猫を追う。

石畳の階段の両脇は竹藪になっていて、人の気配はない。目を凝らしてみても民家などの建造物は一切見当たらず、階段の途中で後ろを振り返ってみても、いつの間にか立ち込めた霧のせいでなにも見えなくなっていた。

なにこれ。超怖いんですけど……。

リン、と鈴の音が響いた。階段の上の方からだ。

あれ？　そう言えばあの白い猫、どこに行ったんだ……？

まさか……置き去りにされた？

一人きりだとわかると、自然と足取りが早くなり、そのうち立ち止まるのすら怖くなって走り出した。

つーか、この階段どこまで続いてるんだよ！　もう十分以上のぼってるだろ！

「おーい！　誰かぁ！　誰かいないかぁー！　おーい！」

応答はない。

それでも、恐怖を紛らわせるために必死で叫んだ。

「おーい！　誰かぁー！」

「おーい！」

リン、とまた鈴の音が聞こえてくる。

はっと足を止め、視界の先に目を向ける。するとそこに、大きな鳥居を発見した。

恐る恐るそのまま鳥居まで進み、中の様子をうかがうと、そこには道中のような霧はなく、こぢんまりとした神社が佇んでいた。そしてその手前の境内に、さっきまで俺があとをつけていた白い猫を抱えた少女が立っている。

太ももの辺りで区切られた真紅の着物。首からは大きな鈴が一つついた数珠をさげていて、素足にぽっくり下駄をはいている。着物と同じく、真っ赤なクセの強い髪が足元まで伸び、その頭上には半透明な羽衣がふわふわと浮かんでいて、雨粒が体に触れるのを防いでいた。

その頭にはぴょこんと二つ、猫の耳が生えていて、お尻の辺りからは細長い尻尾がふりふりと揺れるように伸びている。

少女は抱えていた猫の頭を一撫でですると、妙に大人びた口調で言った。

「こやつの命を救ってくれたそうじゃな、人間。礼を言う」

……あー……。なるほど。これ、あれですね？　どっきりですね？　小さな女の子を神様と信じるかどうか、みたいなやつですね？　俺は騙されないぞー。そのふわふわ浮いてる羽衣は糸かなにかでつるしてるんだろー。

少女は空を見上げ、

「ふぅ……。それにしても、ちと雨音がうるさいのぉ」

少女がパチンと指を鳴らすと、それまで降り注いでいた雨粒が全て空中でピタリと停止した。

まったく……。最近の科学の進歩には驚かされるぜ……。

「うむ。これでよし。さて、人間。そんなところで呆けておらんでこっちまで来んか」

少女がくいっと指を上げると、俺の体がふわりと持ち上がり、そのままゆっくりと浮遊して神社の中に引っ張り込まれた。

まままままったく！　さささささ最近の科学の進歩には驚かされるぜ！

……いや、もう無理です。自分を騙せません。これあれだ。本物だわ。うん。

少女の前まで来ると、浮遊していた体がぽとんと地面に落下した。

少女は言う。

「わしの名は天津猫姫神。この神楽猫神社の主じゃ。白夜の命を救ってくれた褒美に、お

前にはわしのことを猫姫様と呼ぶ権利を与えよう」

「は、はじめまして。お、俺は、二武幸太、です……。えと……びゃ、白夜って……？」

「この猫の名じゃ」

「……へ、へぇ。そうなんですか」

その時の俺の顔は相当引きつっていたに違いない。だがそれは当たり前だ。目の前にいる相手は、自在に雨粒を止めたり、触れずに他人の体を浮かしたりできる存在だ。もしそんな相手を怒らせようものなら、どんな理不尽な罰が待ってるかわかったもんじゃない。

というわけで、俺は早々に退散することにした。

「じゃあ、俺はもう帰りますね。お疲れ様でーす」

「待て待て。バイト終わりの学生じゃあるまいし、そんな軽い感じで帰ろうとするでない」

バイトとか知ってるんですね……。

「お前には白夜を助けてもらった礼をせんといかん。なんでも叶えてやるから願いを言ってみよ」

「あ、そういうの、ほんと結構なんで……」

「そういうわけにはいくまい。恩を返さずにお前を帰したとなれば、わしの名が廃る」

「じゃあ、帰り道とか教えてもらえますかね。見送りは結構ですので」

な？」

「……はは一ん。わかったぞ。お前、さては自分の願いを言うのが恥ずかしいタイプじゃ

「いや、そういうわけじゃ――」

「みなまで言うな。みなまで言うな。わしも神の端くれじゃ。ちと力は消耗してしまうが、お前の言葉を聞かずとも、その胸中にひそむ願いをすくい上げてやろうではないか」

直後、猫姫と名乗った少女はこつんと下駄で地面を蹴った。すると、その小さな体が宙を舞い、鼻息がかすめるくらい顔が間近まで近づくと、じぃっと俺の瞳を見つめた。

不思議と、少女の目から視線が外せなくなる。

過去に起こった出来事が頭の中で映像化され、次々と湧き出してくる。自分でも忘れていたような赤ん坊の頃の記憶。微かに残っていた幼少期の思い出や、思い出したくないこと、なにからなにまで、全てが凝縮されたようにごった返してくる。

まるで、これまでの行いを全て見透かされるような、言いようのない恐怖を感じた。

そうしてぷつりと映像が途切れると、猫姫様は「ふむ」と納得して地面へ降り立った。

「つまりじゃ。お前はその綾乃とかいうおなごと仲直りがしたいというわけじゃろう？」

心臓を鷲掴みにされたようなゾクリとする感覚と、涙を浮かべて教室を飛び出した幼い綾乃の表情。そして、今朝の「邪魔よ。どきなさい」という冷たい言葉と、今日一日の綾

乃の鋭い眼光が頭の中でよみがえった。

言葉が喉（のど）に詰（つ）まって出てこないでいると、猫姫様は「ついてこい」と神社の拝殿（はいでん）の方に歩き出した。猫姫様に核心（かくしん）をつかれて呆けていた俺は、いつの間にか足元にすり寄っていた白夜に促（うなが）され、なんとかそのあとを追った。

猫姫様は古びた賽銭箱（さいせんばこ）の近くまでやってくると、「ここで待っとれ」と言い残し、拝殿の軒下（のきした）にガサゴソともぐっていった。

軒下から、猫姫様の独り言が聞こえてくる。

「えーっと……あれはどこにしもうたかな……。こっちでもないし……。あっちでもないし……。これか？　いや、違うか……。うーむ……。おぉ！　これはいつの日かなくした読みかけの漫画（まんが）ではないか！　こんなところにあったか……。ふふふ……。ははは……」

「……あ、あの、猫姫様？」

「ぬお!?　い、いや、漫画など読んでおらんぞ。ほんとじゃぞ？　お前の願いを叶えるのにちょうどよいものがここらにあったはずなのじゃ。そこで大人しく待っておれ」

それからしばらくの間、足元にごろんと転がった白夜のお腹（なか）を撫（な）でて時間を潰（つぶ）していると、またも猫姫様の声が届いた。

「おー。あったあった。これじゃこれじゃ。……む？　どうして同じものが二つもあるんじゃ？　……あぁ、そうか。片方は人間をミジンコに変えるやつじゃったな……。はて？　それでどっちがミジンコになるやつじゃったかな？　うーむ……思い出せん。こっちか？　それともこっちか？　……いや、たぶんこっちじゃろう」

　そうして猫姫様は、素潜りしていた水泳選手のように「ぷはぁ」と再び境内に戻ってくると、その手に握った小さな飴玉を自慢げに見せつけた。

「よし、人間よ。これを食え」

「いや、それ二分の一でミジンコになるやつじゃないですか」

「心配するでない。こっちはミジンコになるやつではない。……たぶん」

「たぶんて……。じゃあ、食べたらどうなるんですか？」

　猫姫様はにたりと口角を上げると、

「これは、『一日だけ異性の心の声が聞こえるようになる』飴玉じゃ」

「……はい？　心の声？」

「そうじゃ。お前は綾乃とかいうおなごと仲直りしたいが、どうやって謝ればいいのわからんのじゃろう？　ならばこれで相手の心の声を聞けば、どう謝ればよいかは一目瞭然じゃ」

「……いや、そんなもの――」

必要ないと言いかけて、言葉を呑み込んだ。

もしも本当に綾乃の心の声が聞こえるようになるのだとすれば、綾乃とのわだかまりだってすぐに解消することができるかもしれない。

けど、本当にそんなことをしていいのか？　まず先に綾乃に謝るべきじゃないのか？

……だけど……もし……謝っても許してくれなかったら？

そうだ……。俺はずっと、あの日綾乃の背中を追いかけなかったことを後悔していたんだ。やらないで後悔するくらいなら、やって後悔する方がいいに決まってる。

俺の表情から考えを読んだのか、猫姫様が待ってましたと言わんばかりに言葉を発した。

「心が決まったのなら、その飴玉を一息で呑み込め。そうすれば、お前はたちまち力を得るじゃろう」

「えっ、呑み込むんですか？　なんかばっちぃ……」

「ばっちくないわい！」

「だって、その飴玉包み紙とかなかったですし……。お腹とか壊しそう」

「壊すか、ぼけぇ！　いいからさっさとせんか！」

「………」

俺は意を決し、渡された飴玉を口内へ放り込んだ。

口の中に僅かな甘みが広がり、するりと飴玉が喉を通り抜けていく感触がする。

「……お、思ってたよりも甘くておいしいですね」

「そうじゃろうそうじゃろう。……ただまぁ、能力が体に順応するまでには少しばかり副作用が出るが、じきに治まる。じゃから心配するでないぞ」

「副作用？　それ、**なんのこと――**」

自分の発した言葉が、まるで耳の中で爆発しているように大きくなる。

「――ぐっ！　**があぁ！　声が！　自分の声が！**」

悲痛の叫びさえも、暴力的なまでに頭の中で反響し、耳の奥に針を突き刺されるような痛みを伴った。

「**頭が！　割れる！**」

やがて、地面に擦れる砂利の音が、塞いだ口から漏れる嗚咽が、心臓の鼓動が、なにもかも聞いたこともないくらい大きな音となり、それらは激痛の波となって押し寄せた。

痛みでのたうち回り、薄れゆく意識の中で、リン、と鈴の音が聞こえた。

◇　◇　◇

「お兄ちゃん、朝だよー」

聞き慣れた妹の声。

「おーい。……あれあれ？　お兄ちゃん、今日はお寝坊さんなのー？　ねー。早く起きなよー。ねーってばー」

ぐらぐら体を揺すられて、ようやくゆっくりと瞼が開いた。

ぼんやりと霞む視界の中に、妹の結奈の姿があった。

肩で切り揃えられた髪の毛は、毛先がくるりとはねている。俺とまったく似ていない溌溂とした目つきが、こちらを覗き込んでいた。

「……ん？　結奈？　……ここは、どこだ？」

「もー。なに寝ぼけてるのー。ここは、結奈とお兄ちゃんの愛の巣でしょ」

「お？　なんだ？　頭でも打ったのか？」

「うわー、ムカつくー。ただの冗談でしょー」

周りを見渡してみると、どうやら自分の部屋のようだった。

スマホを見てみると、日付が一日進んでいる。

昨日、あれからどうやって帰ったんだっけ？　つーか、昨日のあれ、ほんとに現実か？

夢を見てただけなんじゃないか？

エプロン姿の結奈が、ぐいっとおでこをくっつけてくる。

「……うん！　大丈夫！　もう熱はなさそうだよ！」

「熱……？」

「お兄ちゃん、昨日真っ赤な顔して家の前で倒れてたんだよ？　結奈びっくりしちゃった」

「倒れてた？　俺が？」

「うん。それでねー。たくさんの猫がお兄ちゃんの上にのっかって遊んでたのっ」

「なんだよその状況……」

ていうか、猫って……。やっぱりあれは夢じゃなかったってことか？

結奈は意気揚々とスマホの画面を俺に見せた。

「ほら！　これ証拠写真！」

「なんで写真撮ってんだよ……。お兄ちゃんが倒れてるんだからもっと慌てろよ……。つーかこれ、自撮りじゃねえか。お前めちゃくちゃいい笑顔でピースしてんじゃねぇか」

「てへっ。猫がかわいかったからつい」

「てへっ、じゃねぇよ。その写真のど真ん中で俺が白目剥いて倒れてるだろ。……あっ！　おい！　俺の服に足跡ついてんぞ！　お前、一回倒れてる俺のこと踏んづけたろ！」

「……まぁ済んだことはいいとして」

「俺のセリフだよ！」

「朝ご飯だよ、お兄ちゃんっ」

◇　◇　◇

　二階建ての一軒家。そこそこ広いこの家に、俺と妹の結奈は二人きりで暮らしていた。父は妹が小学生になった頃、事故でこの世を去り、母は仕事で世界中を飛び回っている。一階の居間にある机の一角に腰をおろし、すでに用意されていた朝食に箸を伸ばそうとした時、机の端に置いてあるペンダントに目が留まった。

「あれ？　お前、母さんからもらったペンダントまだつけてんの？」

　対面に座った結奈は、

「ううん。この前掃除してたら出てきたから、懐かしくて眺めてたの」

「出しっ放しにして、またなくさないように気をつけろよ」

「また？」

「お前、覚えてないのか？　昔それなくしてめちゃくちゃ泣いてたんだぞ？」

「そうだったっけ？　覚えてなぁい」

「そっかぁ……。覚えてないかぁ……。お兄ちゃんも頑張って捜したんだけどなぁ……。」

あっけらかんとしている結奈は放っておいて、昨日の猫姫様との会話を思い起こした。

『一日だけ異性の心の声が聞こえるようになる』……か。けど、結奈と喋っても心の声なんて聞こえてないよな……。やっぱりそんな非現実的なことは起こらないか……。

結奈は目玉焼きを頬張りながら、テレビを見て馬鹿みたいに涙を浮かべて笑っていた。

いや、待てよ。もしかして、ただ単に結奈の頭の中がすっからかんなだけなんじゃないか？　そうだとすれば、たとえ心の声が聞こえる能力を持っていたとしても、結奈の心の声は聞こえないということにならないか？

「おい、結奈」

「ん？　なぁに、お兄ちゃん」

「お前はもう少し賢くなった方がいい」

「突然ひどいっ！」

結局、猫姫様が言っていた『一日だけ異性の心の声が聞こえるようになる』能力につい

てはまったくピンとこないまま、気づけば峰淵高校の正門前までたどり着いてしまった。

ここまで結構女の人とすれ違ったり、電車の中で一緒だったりしたけど、心の声なんて全然聞こえなかったな……。やっぱり昨日のあれは夢だったのか……？

そんなことを考えながら峰淵高校の門をくぐった瞬間、キィィィンと激しい耳鳴りに襲われた。思わず立ち止まってうずくまるが、耳鳴りはすぐに治まった。

なんだ、今の……。すごい耳鳴りだったけど……。

「《あー。つーか今日の授業だるいなー》」

……え？

誰かに話しかけられたと思い、後ろを振り向くが、それらしい人物はいない。

なんだ……？

「《しまったー。朝の占い見忘れちゃったー》」「《バイト終わったらカラオケ行こっと》」「《やばっ。課題のプリントやってねー》」「《ねむー》」「《今日は帰ったらしっかり勉強しないと》」「《うー。朝ご飯食べ損ねたー》」

それは、全て女子の声だった。だが、たしかに周りに女子生徒の姿はあるが、誰一人口を開いて喋っている者はいない。

……これ……もしかして……心の声？

マジかよ……。てことは昨日のあれ、現実だってことか……？

ど、どうしよう……。えっと、たしか猫姫様の話だと、この能力は一日しか効果がないんだったよな……。そ、それで、俺はその間になにをすればいいんだったっけ……？

脳裏に、俺を睨む綾乃の冷たい表情が浮かんだ。

そ、そうだ……。とにかくこのまま教室に行って、綾乃にきちんと謝らないと！　……それでももし許してもらえなかったら、この能力で心の声を聞いて、また昔みたいな友達に戻れるきっかけを見つければ……。

そう考え、教室へ向かおうとした時、またも周囲を歩く女子たちの心の声が耳に届いた。

「《つーか、あの教師マジでうざいわー》」

……ん？

「《昨日見たあの子の私服、めっちゃダサかったな》」「《またSNSに悪口書いちゃお》」「《うわー。今日もこいつ香水くさー》」「《早く歩けよ、デブ》」

……いやいやいや。

「《最悪……。彼氏に浮気してんのバレたし》」「《おっ。いい男》」「《今日完全に生理だわ……。だるぅ》」「《またバイト先のレジからちょっとだけちょろまかしちゃえ》」

だめだろ……こんなの聞いたら。
もっとよく考えるべきだった。
他人の心の声を聞くという行為が、どういうことなのかを。

「た、たしか……この辺りだったはず……」

あのあと、俺はすぐに学校を飛び出し、昨日、白夜という猫に連れて行かれた神社を捜し回っていた。

『一日だけ異性の心の声が聞こえるようになる』能力は、人が手にしていいようなものではなかった。一日が終わるまでなんて待っていられない。今すぐ猫姫様に会って、このふざけた能力を消してもらわないと。

「にゃー」

「……ん?」

鳴き声がした足元を見ると、一匹の白猫がすりすりと頭をこすりつけてきた。

「お前、白夜か! ちょうどよかった! 猫姫様のところに連れて行ってくれ!」

「にゃー」

白夜は昨日のように俺の前を先行したりはせず、まるで人間のようにひょいと前足を上げ、左を指示した。

そちらを見やると、なにやらオンボロな神社の鳥居が視界に飛び込んできた。

「ん? いやいや、違うって白夜。俺はこんなオンボロ神社に用はないんだ。昨日行った、あの長い階段があって、竹藪が密集してて、とにかくもっと綺麗だった……名前はたしか……そう、神楽猫神社だ!」

「にゃー」

白夜は、すぐそばにあった苔むした石柱にひょいと飛び乗った。

「ん？　……んー？」

よくよく見てみると、その石柱にはたしかに『神楽猫神社』と彫られていた。

「……ま、まさか……。このオンボロ神社が……俺が昨日、猫姫様と会った神社だっていうのか？」

そこには、あれだけ苦労した長い階段もなければ、竹藪もなく、なんなら通りをはさんだ向かい側にはコンビニなんかもあった。

三段しかない石畳の階段をのぼり、今にも朽ち果てそうな薄汚れた鳥居をくぐって、その奥にある蜘蛛の巣だらけの神社の前で呆然と立ち尽くす。

「たった一日で……どうしてこんなことに……」

頭の中が真っ白になっていると、神社の拝殿の戸がスーッと開き、中から猫姫様がひょこっと顔を覗かせた。

「ね、猫姫様⁉　よかったー……。俺てっきり、昨日見たのは全部幻で、たちの悪い呪いにかけられたとかそういうパターンのやつかと思いましたよー！」

猫姫様はそのまま戸越しに、申し訳なさそうな表情を浮かべている。

「……あれは演出じゃ。わしとてちょっとくらい見栄を張りたい時もある」

「演出って……。いやぁ、でもよかったー。実はですねぇ、昨日、俺に与えてくれた能力あるじゃないですか？　あの、一日だけ異性の心の声が聞こえるようになるってやつ。あれを今すぐ消してほしくて来たんです」

猫姫様はなぜだかダラダラと汗をかき、目もきょろきょろと泳いでいる。

「……あ、あー。あれなー。うん。あの能力なー」

「はい！　消してください！」

「……ま、まぁまぁ、とりあえずこっちへ上がってゆっくりするがよい。話はそれからでもよかろう」

「いえ、結構です！　今すぐ消してください！」

「んー？　んー……。それがなぁー。いやぁー。うーん。なにから説明すればよいか……」

猫姫様は、申し訳なさそうに目を逸らすと、

「すまん。あの能力な、しばらく消せんらしいわ」

「……はい？」

「…………」

「…………消せない……？」

「……うむ」

「……それは……マジなやつですか？」

「マジなやつじゃな……」

「……マジなやつかぁ」

「……うむ。じゃあ、まぁ、そういうことで」

スーッと戸が閉められ、猫姫様は拝殿の中に戻ってしまった。

なるほどなー。しばらく消せないのかー。へぇー。

俺はすぐさま土足で拝殿へ上がり、戸を蹴破った。

「そういうことで、じゃないだろ！」

猫姫様は部屋の奥で小さくなってぶるぶる震えている。

「い、いやぁ、その……話せば長いんじゃが……」

「全部話せ」

「う、うーん……。その、な……。お前にやった飴玉あるじゃろ？　あれ、実は『神様通販』で買った代物でな」

「……神様通販？」

「これじゃ」

猫姫様が見せたスマホの画面に、例の飴玉の広告が載っている。

スマホとか持ってるんですねぇ。

『これを食べればあなたもたちまちモテモテに！』『異性の心が知りたい？　それならこれだ！』『これであなたに対する信仰心もうなぎのぼり！』『使用したユーザー全員が満足しています』『これを使って恋人ができました』『この商品を他のユーザーの方に紹介してご購入いただければ、なんと十パーセントがあなたの口座へ！』『当商品はたくさんの有名な神様たちにご愛用いただいております』『まずは無料セミナーから！』

……あー。なるほど。ふーん……。

「絶対詐欺じゃねぇか！　こんなの買う奴いねぇって！」

「……てへへ。わし、買っちゃった」

「買っちゃった、じゃねぇよ！」

「……面目ない」

「……それで？　あの能力が消せないってのはどういうことですか？」

「い、いや！　消せんわけではないぞ。あくまで、『しばらくは』消せんだけじゃ！」

「……本当でしょうね？」

猫姫様は部屋の隅に置いてあった木箱をガサゴソと漁りながら、

「う～ん……。どこから話せばよいか……。まぁ、そうじゃな。『嫉妬の神』について、お前に少しだけ話しておいてやろう」

「『嫉妬の神』？」

「うむ。『嫉妬の神』は昔から自分以外の全てに嫉妬せんと気が済まんような変わり者の神じゃった。他者を妬んで、妬んで、妬み尽くす。それが奴じゃ。それ以外の感情は持ち合わせておらんのじゃろう」

「その『嫉妬の神』とやらがどうしたっていうんですか？」

「あやつの嫉妬には際限がないが、特に、色恋にふける他者に対しては一層強い嫉妬の念を抱いておった。……そして、奴は自分の嫉妬を抑えきれず、とうとう他者を傷つけるために一つの神具を作り上げた」

「ま、まさか……」

「そうじゃ。それこそが、お前が勝手に食ったあの飴玉じゃ」

「…………いや、猫姫様にもらったんですけど」

「は、はて、そうじゃったかな。ははは」

この神様、あわよくば自分の責任を全部俺になすりつけようとしてやがる……。

猫姫様は漁っていた木箱から一枚の紙切れを取り出すと、

「これはわしがあの飴玉を神様通販で購入した際、一緒についてきた取り扱い説明書じゃ。じゃが、こちらはどうも偽物であったらしく、今朝方、これとは別に本物の取り扱い説明書が送られてきた。……それがこれじゃ」

猫姫様は木箱の裏から、電話帳並みの分厚さがある冊子を抱え、目の前にドンと置いた。

「完全に危険物扱いじゃねぇか！」

「しかもこの中身、全て暗号で書かれておってまだ解読の途中じゃ」

「嫌がらせか！」

猫姫様はパラパラと説明書をめくると、

「じゃがまぁ、心配するでないぞ。お前が食べたあの飴玉、あれはどうやら、食べた奴の年齢や職業によって多少効果が異なるものらしい。つまり全てのページを読む必要はないということじゃ。えぇーっと……高校二年生男子の項目は…………ここじゃな」

開かれたページを見てみるが、ミミズのような線が伸びているだけで俺にはちんぷんかんぷんだった。

「そ、それで？　そこにはなんて書いてあるんですか？」

「まだ序盤しか訳せておらんが……。こほん。『当商品をお買い上げいただき、誠にありがとうございます。当商品を摂取したお客様は、もれなく異性の心の声が聞こえるという素晴らしい超能力が与えられます。ですが、その能力の使用にあたり、少しばかり注意事項がございますので、下記の項目『高校二年生男子の場合』を全て熟読し、ご納得の上、ご利用することをお勧めいたします』」

「下記の項目？　そこはまだ訳せていないんですか？」

「いや、最初の三つの項目はすでに訳せておるが……え、えっと……その……じゃな……」

「どうしたんですか？　もったいぶらずに教えてくださいよ」

「……う、うむ。では……」

猫姫様は、すうっと息を吸い込むと、早口でまくし立てるように言った。

「注意事項その一、『使用者は愛の告白をされると死ぬ』」

……………………………………。

……………ん？

死……？

「ね、猫姫様？　あの、今、なんて――」

猫姫様は俺の言葉を遮り、

「注意事項その二、『この能力は現在通っている学校を卒業するまで消えない。中退、および転校すると死ぬ』」

「あ、あの……ちょっと、俺の質問に――」

「注意事項その三、『この能力のことを無関係の人間に知られると死ぬ』」

「いや、また――」

「以上じゃ。ここまでなにか質問はあるか？　なければ――」

「えっ⁉　あ、はいっ！　あります！　質問がありまぁす！」

「……なんじゃ？」

「……あの……えっと、いろいろあるんですが……と、とりあえず……………

俺は、死ぬんですか？」

「……そもそも生死とは概念上の存在でしかなく、その肉体が滅ぼうとも精神は――」

「いや、そういうのいいんで！」

「……もう……」

「え？　なんですか？」

「……もう、勘弁してくれぬか？」

「えっ⁉」

「もう勘弁してくれぬかって‼」

「えっ⁉」

「わしとて好きで失敗したわけではないわい！　それをネチネチ責め立ておって！　鬼か！　お前は！」

えー……。

「い、いや……そんなつもりは……」

「そもそも！　お前が自分自身の力だけで問題を解決しようとしておればこのような事態にはならんかったではないか！　安易に能力に頼ったお前も悪いじゃろ！」

「うっ……。それは……まぁ……そうですけど……。というか、俺はまだ全然状況を理解できてないんですが……」

「……じゃあわしがまた一から説明してやる。じゃからあまり怒るでないぞ？　よいか？　怒るでないぞ？」

「は、はぁ……」

猫姫様はコホンと咳払いをすると、

「……さっき話した通りじゃ。お前はこれから、学校を卒業するまで、ずっとその能力と共にやっていかねばならん。そして万が一、誰かから愛の告白をされるようなことがあれば、お前はそこで死ぬ」

「いや、なんでそんな話になるんですか！　死ぬ？　はぁ!?　冗談じゃない！　俺が食ったのは異性の心の声が聞こえるようになる飴玉でしょ!?」

「うむ。そうじゃ。神様通販で売られとった時は、『あなたの恋を応援するキャンディー』という名で売られておった」

ネーミングセンスが壊滅的だな……。

「じゃが昨日の夜、神様通販を運営しておる『商いの神』が、『あなたの恋を応援するキャンディー』が『嫉妬の神』によって作られた危険物であることを見抜いたのじゃ。でじゃ、『商いの神』の通報により、神様通販に悪意ある物品を流した『嫉妬の神』は逮捕され、『嫉妬の神』の家に残されておった本物の取り扱い説明書が、今朝、唯一あれを購入したわしのもとへ送られてきたというわけじゃ」

神様の世界でも逮捕とかあるんですね。つーか、買ったのあんただけってことは被害者俺一人じゃねぇか。

「あの分厚い取り扱い説明書によると、あれの正式名称は『あなたの恋を応援するキャンディー』ではなく、『青春してる奴全員死ねキャンディー』じゃった」

「悪意しかねぇ！」

「なー？」

「なーって……」

この神様、少しは責任を感じてるんだろうか……。

猫姫様は、よいしょ、とその場で立ち上がると、

「まぁ、なんにしろ。誰かから愛の告白をされなければ問題ないわけじゃ。お前は別につき合っとる相手も、自分を好きになってくれそうな相手もおらんのじゃろう？　であれば今は別段気にせんでよかろう」

「……たしかにそうだけど、改めて言われると胸が痛むなぁ……」

「わしにも、お前をそんな体にしてしもうた責任があるし、いつでも相談にはのってやる。今のわしは神社の外に出ることはできんが、可能な限りの手助けもしてやろう。じゃから今日はもう帰れ。さすがのわしも疲れた」

「……は、はぁ」

「では、またのぉ」

猫姫様はその場で飛び上がり、くるりと回ったかと思うと、次の瞬間には綺麗さっぱり消え去っていた。

残された俺は埃（ほこり）っぽくて低い天井（てんじょう）を見上げ、ひとりごちた。

「……神様なんてクソくらえだ」

◇　◇　◇

朝、俺は呑気に歯磨きをしながら物思いにふけっていた。

この前は突然、能力が消せないだの、告白されたら死ぬだのと聞かされて取り乱したものの、猫姫様の言う通り、よくよく考えてみたら俺が誰かから告白されるなんてありえないことだ。……まぁ、うん。それが現実だよね。

けど本当に他人の心の声を聞きながら、卒業するまで学校に通うなんてことができるのか……？　心の声を聞くと罪悪感がすごいのに、あれが毎日続くだなんて……。

深いため息をついたところで、廊下から結奈がひょこっと顔を覗かせた。

「ねぇ、お兄ちゃんまだぁ？　結奈も洗面台使いたいんだけどぉ」

「あぁ、悪い。もう終わった」

「んー。あ、そだ。もう体調大丈夫なの？　昨日も学校休んだんでしょ？」

「おー。一日寝たらすっかり元気になった」

神楽猫神社へ二度目の訪問をした日は、すぐに帰宅し、念のため次の日も休みを取った。

実は全部猫姫様の勘違いで、能力の発現から一日経てば当初の予定通り、綺麗さっぱり能力が消え去っているかもしれないと考えたのだ。

俺と入れ替わりで結奈が洗面所にやってくると、すれ違いざま、例の声が聞こえてきた。

「《あっ。お兄ちゃんのお弁当箱にハンバーグ入れるの忘れたかも……。ま、いっか》」

しかし、実際はこの有り様で、一日経っても心の声はずっと聞こえたままだった。

一昨日の朝は結奈の心の声は聞こえなかったが、学校に到着し、正門をくぐったところで耳鳴りを感じてからというもの、家に帰れば結奈の心の声もはっきりと聞こえるようになっていた。おそらくこれは、俺に与えられた能力の発動条件に、『学校の門をくぐること』というようなものが含まれていたのだろう。

俺は台所に向かい、皿の上に置きっぱなしになっていたハンバーグを自分の弁当箱に詰めながら、改めて考察した。

この事実からもわかるように、俺はまだほとんど能力の全貌を知らないでいた。心の声が聞こえる有効範囲は？　それは人によって差異が生じるのか？　能力を使い続けるとどうなるのか？

いつの間にかとなりにやってきていた結奈が、歯ブラシをくわえながらたずねる。

「お兄ちゃん？　どうかしたの？　難しい顔して」

「いや……別に。なんでもない」

「《お兄ちゃん……もしかしてまだ体調悪いのかな？》」

結奈、お前、意外とお兄ちゃん想いだったんだな……。

「《それとももしかして、昨日お兄ちゃんのプリン勝手に食べたのバレちゃった？　やばあ……》」

「お前、昨日俺のプリン食ったろ」

とにかく今は、この能力のことをもっと知らなくては。

◇　◇　◇

その日、俺はいつも通りの時間に家を出た。けれど、駅のホームで方々から飛び交う心の声に酔ってしまい、三十分ほど駅のトイレに避難していたため、学校に到着した頃には遅刻ギリギリの時間になっていた。

まさか心の声で酔うことになるとは、さすがに予想外だった……。まだこの能力が体に馴染んでいないということなのか、それとも元々そういう性質の能力なのか。……まだ結論を出すには早いな。これについては経過を観察するしかない。

正門をくぐり、靴箱で靴をはき替え、階段を上がり、改めて気を引き締める。

とにかくだ。猫姫様の話が本当なら、学校を卒業するまでの間、この能力は消えないらしいし、今は心の声を聞く罪悪感に押しつぶされている場合じゃない。

それに女子の心の声が聞こえるなんて能力、慣れてしまえばプラスしかないんじゃないか？　無用なトラブルとかも避けられるだろうし。

あぁ、でも、あまりうまくやりすぎたらだめだな。注意事項その一、『使用者は愛の告白をされると死ぬ』ってやつにも気をつけないと……。

そう考えて、くすりと一人で笑ってしまった。

いや、さすがにそれはないな。俺のことを好きになる変わり者なんていない。やっぱり今懸念すべきは、他者の心の声を聞く行為自体に慣れることだ。そしてうまく順応すれば、それから綾乃と仲直りする方法を模索すればいい。

教室の扉の前に到着すると、一度大きく深呼吸をした。

大丈夫だ。俺ならうまくやれる。女子たちが心の中でなにを考えていようと、気にしないようにすればいいだけだ。

扉の溝に指をひっかけ、ゆっくりと開く。すると、教室内にいた女子たちの心の声が、堰を切ったように流れ込んできた。

「《今日も退屈だなぁ》」「《またあの子男子と一緒にいる……》」「《お腹減ったぁ》」「《バイト探そー》」「《あいつは絶対許さない》」「《今日、化粧いまいちだなー》」

……よ、よし。とりあえず許容範囲内だ。よかった……。

多少腹黒い心の声も聞こえるけど……きっとそのうち慣れるはず。今は突入あるのみ！

意を決し、教室の中へ一歩踏み出すと、突如として、一際大きな心の声が後方から聞こえてきた。

「《あっ！　こうちゃんだ！　よかったぁ！　学校来れたんだ！　二日も休んでたから心配しちゃったよぉ……》」

ん？　こうちゃん？

それにこの声、どこかで聞いたことがあるような……。

恐る恐る後ろを振り返ると、そこには一人の女子生徒が立っていた。

さらりと伸びた黒髪に、不機嫌そうにつり上がった目。

その人物は誰であろう、俺の幼馴染、夢見ヶ崎綾乃であった。

綾乃は前回同様、まるで虫けらでも見るように俺のことを睨んでいるが、その表情からは想像もできないほど子供っぽい心の声が聞こえてきた。

「《よ、よぉし！　今日こそ絶対こうちゃんに告白するんだからぁ！》」

…………告白？

…………は？

状況についていけない俺の脳に、ただ一言、猫姫様の言葉が鈍器のように襲い掛かった。

『注意事項その一、「使用者は愛の告白をされると死ぬ」』

第二章『恋する幼馴染からイニシアチブを掴むメソッドを教えます』

これは俺が小学生だった頃の話。まだ、綾乃が転校する前のことだ。

人気のない小学校の教室に一人、綾乃は机に広げたノートに黙々と鉛筆を走らせていた。

「なんだ、綾乃。また小説書いてるのか？」

声をかけると、綾乃の手がピタリと止まり、窓から差し込む夕陽に染まった瞳をこちらに向けた。その様子がどこか幻想的で、俺は見慣れたはずの幼馴染の顔にしばし見惚れてしまった。

綾乃は俺の姿を確認すると、再び視線をノートに戻し、そっと口を開いた。

「小説を書いてるとね、お母さんのことを思い出すの」

落ち着いた綾乃の口調は、どこか大人びた雰囲気を醸し出していた。

綾乃の前の席から椅子を拝借し、その背もたれを抱えるようにして腰を下ろす。

綾乃の母親の話題をこのまま膨らませていいものか考えていると、綾乃はノートに文字を綴りながら、ぽつぽつと言葉を紡いだ。

「こうちゃんはさ、ずっとお母さんが家に帰ってこなくて寂しくないの？」

「……たまに連絡は来るし、家には結奈がいる。面倒くさいことは多いけど……まぁ、今は平気、かな」

「そう……」

綾乃は持っていた鉛筆を握りなおすと、それでノートの隅をこつこつと叩いた。

「お母さんが家を出て行っちゃうって知ったのは、ほんとに突然だった。夜中にね、お父さんとお母さんがなにか言い合いをしてて、私は部屋で寝てたんだけど、目が覚めて様子を見に行ったの」

俺は、こつこつとノートにぶつかるたび、ほんの少しずつ芯が削られていく鉛筆の先を見つめていた。

「お母さんとお父さんが私に気づいて、お父さんが私に、部屋に戻るように言ったの。さっきまでお母さんと話していた時とは全然違う、いつもと同じ、優しい声で」

焦点の定まらない黒い点が、ノートの端をゆっくりと侵食する。

「でも、私は言うことを聞かなかった。だって、お母さんが家を出て行こうとしてることが、なんとなくわかったから……。だからね、お母さんに聞いたの。どうして家を出て行くの、って」

それまでこつこつと上下に動いていた鉛筆が、ノートに触(ふ)れたままぴたりと静止した。

「そしたらお母さんね、こう言ったの――」

バキ、と鈍(にぶ)い音がして、鉛筆の芯があらぬ方向へと曲がる。

「私が小説家だからよ、って」

綾乃は芯の折れた鉛筆を握りしめ、それを一層の力を込めてノートに押(お)しつけた。

「ねぇ、こうちゃん……。小説って……家族よりも大切なものなのかな……？」

綾乃の手に触れると、綾乃はようやく鉛筆を握りしめていることを自覚したのか、はっと我に返ったように手を開いた。

俺は、机の上に転がった鉛筆を拾い上げ、

「さぁな……。じゃあ、綾乃はどうして小説を書くんだ？」

「……そんなの、決まってるじゃない――」

綾乃は力強い眼差(まなざ)しを俺に向けた。

「私はただ、知りたいの。お母さんが、家族を捨ててまで小説を書き続ける理由が」

拾った鉛筆をそっと綾乃に渡(わた)し、

「どんな理由であれ、綾乃が小説を書くっていうなら、俺は応援するよ」

「……こうちゃんは、こんな私でも応援してくれるの？　……だって私、自分のことばっかりで、全然、読む人のこととか考えてないのに……」

「別にいいんじゃね？　だって、俺は綾乃が書いた小説好きだし」

「……そう、なんだ」

「おう。だから、またおもしろい小説が書けたら俺にも読ませてくれよな」

「……う、うん。わかった」

綾乃は照れくさそうに、持っていた鉛筆を筆箱にしまった。

「と、とにかく、この小説はもうすぐ書き終わるから、そしたらちゃんと読んで、いつも通り感想聞かせてよね。……でも、これ……ちょっとあれかもしれないけど……」

「あれ？　あれってなんだよ」

聞くと、綾乃ははぐらかすように首を振った。

「なんでもないわ。気にしないで」

「なんだよそれ……」

「それより、感想よろしくね」

「……まぁ、それは構わないけど……」

「ふふふ。約束ね」

その時の俺は知る由もなかった。

綾乃が書いた小説の感想を伝えるのが、次で最後になるなんて。

自室。ベッドの中。

夢を見た。俺がまだ小学生の頃の夢だ。

当時、父もおらず、母はたびたび仕事で家を空ける俺たち兄妹にとって、まるで家族のように気兼ねなく接してくれる綾乃の存在は大きかった。

けれど、あの小説がきっかけで、俺は綾乃を傷つけてしまい、そのまま謝ることもできず、綾乃は転校してしまった。

そして今になってまた再会できたと思えば、今度はまるでゴミでも見るような冷たい目を向けられるようになっていた……。

昔のことがきっかけで、俺は綾乃に死ぬほど嫌われている……そう思っていた……。

それが、どうして……。

『《よ、よぉし！　今日こそ絶対こうちゃんに告白するんだからぁ！》』

綾乃の心の声が俺の頭の中を巡って、訳がわからなくなった。

あの告白っていうのは、つまり、そういうことだよな……。

いやいや、そんなのありえないだろ。だって、俺は綾乃にめちゃくちゃ嫌われてるんだぞ？　どうしてそんな俺に、綾乃が告白しようだなんて思うんだ。……そうだ。きっと聞き間違いだ。そうに違いない。

……けど、もしも、あれが聞き間違いじゃなかったら？

…………あぁ、もう、わからん。

俺は答えの出ない問いを頭の中で何度も繰り返すと、被っていたシーツを放り投げ、ベッドの上で頭を抱えた。

ここ数日、俺は家から一歩も外に出られないでいた。

とにかく、このまま引きこもっていたら出席日数が足りなくなって、『学校を中退すれば死ぬ』というルールに引っかかってしまう。なんとかこの状況を打破しなくては……。

「ふふふ」

ん……？

「あはは」

なんだ？　下の階がやけに騒がしいな。

結奈のやつ、友達でも連れてきたのか？

「もう……えー……あはは……そうだねぇ……」

盛り上がってるなぁ……。

「でさー、お兄ちゃんって、実は部屋でこっそり……あはは！　でしょー！　マジ笑えるよねー！」

詳しくは聞こえないけど、肉親が俺の悪口を言っている気がする！

この会話、これ以上続けさせるわけにはいかん！

俺は、さも、今起きたばかりですけど、なにか？　みたいな寝起きの表情を作り、急ぎ階段を駆け降りた。

廊下を進み、居間の扉を開けるや否や、作りあくびを携えてけん制する。

「おーい、結奈ぁ。おはよう」

室内を覗くと、オープンキッチンで夕食の支度をしている結奈の姿を発見した。

「あっ！　お兄ちゃん、おはよう！　まるで、自分の悪口が聞こえてきたからそれをやめさせるために、寝起きのふりして妹とその友達が遊んでるところに突入した兄、みたいな顔してるね！」

お前は超能力者か！　あとやっぱり俺の悪口は言ってたのかよ！

「い、いや……別にそんなことないしぃ……。マジ寝起きだしぃ……。えぇ？　と、友達来てたんだぁ。ふーん、知らなかったなぁ………って……え？」

キッチンの奥。結奈の向こうを覗くと、そこにはなぜか、制服にエプロン姿の綾乃がいた。ついでに言うと、フライパンを持ってがっつり料理に励んでいた。

「あ、綾乃⁉」

綾乃がチラッとこちらを盗み見ると、その間に割って入るように結奈がぴょんぴょんと飛び跳ねた。

「ちょっとお兄ちゃん！　どうして綾乃ちゃんが戻ってきたこと、結奈に教えてくれなかったの！」

「あ、いや……。悪い。いろいろあって、言いそびれてた……」

「ばーかっ！」

ストレートな悪口やめて……。

「それより……どうして綾乃がうちに？」

「なにそれ！　せっかく綾乃ちゃんがうちに遊びに来てくれて、晩御飯まで作ってくれてるのに！」

つけた。

「《どど、どうしよう！　やっぱり突然家に行くなんて無茶だったかな⁉　うぅ……で、でも、こうちゃんとはいろいろ話したいこともあるし……。ずっと学校休んでて心配だったし……。ていうか、こうちゃんやっぱりめちゃくちゃ大人っぽくなってる！　昔は泣き虫だったのに！　あぁ、もう！　また緊張して顔が強張っちゃう！》」

もしかして、いつも俺を睨んでたのって緊張のせいなのか？

だったら、普通に話せばそのうち慣れてきたりして……。

「えっと……綾乃、久しぶり」

「……………ええ。久しぶりね、幸太。あいかわらず縁起悪そうな顔してるわね」

……ん？　ちょっと棘があるような……。それに幸太って……。心の声では俺のこと、こうちゃんって呼んでるのに……。

「《もぉおおおお！　最悪！　普通にこうちゃんって呼びたかったのに！　恥ずかしくて幸太って呼んじゃった！　あぁぁぁぁぁ！　それに縁起悪そうな顔ってなに⁉　こうちゃんは世界一かっこよくて、見てるだけでヒーリング効果があるのに！　思ってもないこと口に出しちゃったよぉぉ！》」

俺の評価が高すぎる……。これ、本当に綾乃の心の声みたいにしても……こいつ、表情と心の声がまったく噛み合ってないな……。これ、本当に綾乃が考えてることなのか？　まさか、俺の思い込みとか願望がそのまま相手の心の声みたいに聞こえてるだけ、とかそういうオチじゃないだろうな。

フライパンの上にあるチンジャオロースを、結奈がぱくりと一口盗み食いした。

「んー！　めちゃくちゃおいしい！　さっすが綾乃ちゃん！　料理の天才！」

「べ、別に、これくらい誰でもできるわよ」

チンジャオロースが完成したのか、綾乃はカチリとコンロの火を消した。

「……で、どうして綾乃がうちで料理してるんだ？」

「……なりゆきよ。久しぶりにこっちに帰ってきたことだし、結奈ちゃんにはきちんとあいさつしたかったから、学校帰りにここに来たのだけれど、結奈ちゃんが私の料理が食べたいって言ったから……」

「うちの妹が図々しくてすまん……」

「……構わないわ」

綾乃はかけていたエプロンを外しながら、チラチラと俺の顔を盗み見て、

「《うっわぁぁぁぁ！　ど、どうしよう！　久しぶりにこうちゃんとおしゃべりしてる！　夢じゃないよね⁉　これ、夢じゃないよね⁉　……あ、やばっ！　今まともに顔見たら絶対にやける！》」

……う〜ん。やっぱりこれ、どう考えても綾乃の心の声じゃないよな？　だって、今も相変わらず無表情だし……。あの飴玉、不良品だったんじゃないのか？

「ねぇねぇお兄ちゃん！　お兄ちゃんも一口食べてみてよ！」

「え？　いや、俺はあとで——」

「いいからいいから！　はいっ！」

「むぐっ！」

口の中に無理やり放り込まれたチンジャオロースを、しかたなくゆっくりと噛みしだいた。口の中にピーマンの苦みと、ほどよく甘辛いタレの味が広がっていく。

「んっ！　ほんとだ！　うまい！」

「うふふ〜。でしょー？」

「なんでお前が自慢げなんだよ……。いや、でもほんとにうまいな。綾乃って料理上手なんだな」

綾乃は手に持ったエプロンを畳みながら、

「そんなに褒めてもなにも出ないわよ」

そうして、ぷいっと目を逸らすように背中を向けた。

綾乃は相変わらず無表情か……ん？

綾乃が顔を背けた先に、ガラス戸で閉め切られた食器棚が置いてあり、綾乃の顔がそこにばっちり映り込んでいた。

その表情は、それまでの無表情とは違い、まるで料理を褒められたことが嬉しくてたまらないといった様子でにんまりと口元を緩め、頬を真っ赤に染めていた。

「《こ、こうちゃんに褒められちゃった！　えへへ～……。ど、どうしよう、にやけるのとまんないよぉ》」

この心の声って……本当に綾乃の？

でも、どうしてこんなに俺への評価が高いんだ？

俺は、綾乃に嫌われてるんじゃないのか？

「なぁ、綾乃……」

「なによ？」

振り返った綾乃は、またいつも通りの無表情に戻っていた。

「い、いや……なんでもない」

「なんでもないのに呼ばないでくれるかしら《なんでもないのに名前を呼ぶって、なんだか家族みたいで嬉しい！　もっと呼んで！》」

「あぁ……悪い」

なにが、いったいどうなってるんだ……？

結局、綾乃も一緒に食卓を囲むことになり、テーブルの向かいの席に座った綾乃を見ながら、この前教室で聞いた綾乃の心の声を三度思い出す。

『《よ、よぉし！　今日こそ絶対こうちゃんに告白するんだからぁ！》』

今のところ告白される素振りはないみたいだけど……。

「なにか用かしら？　そんなにじろじろ見られると食べづらいのだけど」

「あっ！　す、すまん……」

「《うふふ私の作ったチンジャオロースを食べてるこうちゃん、かわいいなぁ》」

あの……そんなにじろじろ見られると食べづらいんですけど……。

その後、綾乃と結奈で女子トークに花を咲かせ、話題に入れない俺が少々肩身の狭い思いをし始めた頃、

「それで、幸太。体調はもう大丈夫なのかしら？」

「ん？　あぁ……」

「大丈夫だ。もうすっかり元気になったな」

そう言えば学校休んでたんだったな……。

「そう。それはよかったわ。……あと、この前のあれはどういうことかしら？」

「あれ？」

「……私が初めてクラスで自己紹介した時、突然、私の前に立ちふさがったじゃない。あれ、なんだったの？」

「……あ、あれは——」

昔のことを謝りたかったから、と言いかけて、ぐっと言葉を呑み込んだ。

ずっと謝りたかったはずなのに、まるでそのことを綺麗さっぱり忘れているような綾乃を見ていると、このまま思い出さないでほしいと願わずにはいられなかった。

「——あれはだな……綾乃が突然転校してきて、ちょっと驚いただけだ……」

「驚いたのはこっちの方よ。驚きすぎてつい冷たい態度を取ってしまって、なんとなく罪悪感を覚えたのだけれど……」

「あはは……。わ、悪かったよ」

「……まぁいいわ《実はあのあと謝る機会を探っていたんだけど、こうちゃんはずっと前の席の人と話し込んでたし……》」

一日中睨んできたのはそういうわけだったのか……。

綾乃は少し目を伏せると、

「《本当はこうちゃんの方から話しかけてほしかった……。**こうちゃんは、もう私のことなんてどうでもいいのかな……**》」

——ぐっ⁉　な、なんだ⁉　綾乃の心の声が、急に大きくなって、頭痛が⁉　あ、頭が、割れる‼

「幸太？　ちょっと大丈夫？　顔、青ざめてるけど……」

「い、いや……少し……」

「《こうちゃん、もしかしてまだ体調悪いのかな？》」

い、痛みが……ん？　……あれ？　もう平気みたいだ……。頭の痛みも引いたし……。なんだったんだ？

けどさっきの頭痛、俺があの飴玉を飲んで気を失った時の痛みにそっくりだった。猫姫様は一時的な副作用だって言ってたけど……。

やっぱり今の頭痛も、あの能力のせいってこと……だよな？　だとすれば、どんな条件で頭痛が生じるんだ？

「ちょっとお兄ちゃん？　ほんとに大丈夫？」

結奈が心配そうに俺の顔を覗き込んでいる。

「あ、あぁ。大丈夫。ここんとこ休んでたから、急に次のテストが不安になっただけだ」

「不安？　でもお兄ちゃん、テストはいっつも一夜漬けじゃん」

「……こ、心を入れ替えたんだよ」

箸を握りしめた綾乃が、真顔でじぃっとこちらを見つめ、

「《こうちゃんに勉強教えてあげたい！　こうちゃんに勉強教えてあげたい！》」

またの機会にお願いします……。

夕食を終え、大皿に盛られたクッキーを囲み、それぞれお茶をすすっていると、結奈が

前のめりになってたずねた。

「そういやさぁ、綾乃ちゃんって昔小説書いてたよね？　あれって今はやってないの？」

こいつ……。俺が華麗に避けてた話題を易々と持ち出しやがって……。

「続けてるわよ。ちょうどその話をしようとしていたところなの」

綾乃は部屋の隅に置いてあった学生鞄から一冊の文庫本を取り出すと、それを机の上に置いた。その本の表紙には『海岸線で君想う時』とタイトルが書かれている。

「あっ。これってあれだろ？　最近女子高生に人気の恋愛小説。みずきがおすすめしてた」

「これ、私が書いたのよ。家にたくさんあるから一冊あげるわ」

「……はい？」

「この作者、詩仁竹子って、私のペンネームなの」

「……マジですか」

俺が呆けていると、結奈が興奮気味に椅子から立ち上がった。

「綾乃ちゃんプロの小説家になったの⁉　すごぉい！」

「まだ一作目だし……これからどうなるかはわからないわ」

「それでもすごいよぉ！　ねぇ、お兄ちゃん！」

「あ、あぁ……。ほんとに驚いた……」

綾乃はお茶を一口すすり、

「実は、担当編集の再子さんっていう人に、近々トークショーとサイン会に出るように言われているのよ」

「綾乃ちゃんのサイン会⁉ 行きたい行きたい！ お兄ちゃんも行くよね！」

「あぁ、もちろん」

まさか幼馴染がサイン会をやる日がくるなんて……。

「にしても、新人でもうサイン会とかやるんだな」

「そこで催されるトークショーのテーマが、新人作家と大御所作家との対談ってことになってるのよ。新人二人、大御所二人が舞台で話をするらしいわ。で、私はその、新人作家の片割れに選ばれたの。だから、そこまで小説を評価されたわけではないわ」

「それでも十分すごいと思うけど……」

大皿に盛られていたクッキーがいつの間にか全てなくなっており、結奈が口いっぱいにクッキーを頬張りながら、「まだあったかなぁ」と、席を立った。

「太るぞ」

「うるさいなー。結奈は食べる分運動してるから太らないのー」

「運動？ また部活の助っ人でも頼まれたのか？」

「うん。今度柔道部の練習につき合ってって頼まれてるの」

「お前、こないだは野球だったろ？　柔道までできるのか？」

「結奈はお兄ちゃんと違って、運動神経抜群だからねー」

「お、俺は頭脳派なんだよ……」

「ふっ」

　こいつ、実の兄を鼻で笑いやがった！

　ふと綾乃に視線を戻すと、どこか緊張した面持ちに変わっているのに気がついた。

　ゴクリ、と綾乃の喉が鳴り、少しの間沈黙が訪れる。

　心の声に耳を傾けてみるがなにも聞こえない。つまり、これはなにかを考えて黙っているわけではなく、次の言葉を発するために覚悟を決めているのだろう。

　そして、綾乃は口を開く。

「そのトークショーに、海藤一花も出席するの」

　海藤一花。超大御所の小説家で、小説に興味のない者でも一度は彼女の名前を耳にしたことがある。海藤一花が紡ぐ小説はことごとく売れ、映画、ドラマ、アニメなど、様々な媒体を通して世界中に広がっている。

　そして、実の娘を捨てた、綾乃の母親でもあった。

綾乃は続ける。

「私の小説は、あの人の足元にも及ばない。近づけば近づくほど、そのことを嫌というほど思い知らされる……。けれど、私はようやくたどりついた。あの人が、私たち家族を捨ててまで選んだ世界に」

綾乃がどれだけの努力を重ねてここまで来たのか、俺には見当もつかなかった。けれど、まっすぐとこちらを見つめる瞳には、その強い意志の片鱗を垣間見ることができた。

「……連絡とかは取ってたりしないのか？」

「家を出てから一度もないわ。電話も、メールもね……《たったの一度も、ね……》」

綾乃……もしかして寂しがってるのか？　怒ってると思ってたけど……。でも、そうか。昔は綾乃、母親にべったりだったからな。

「そうか……」

そこまで話し終えると、綾乃はふぅと小さく息をついた。

「《こうちゃんとは他にもいろいろ話したいことがあるけど……。ま、現状報告できただけでもよかったかな》」

そこへ、結奈が両手いっぱいのお菓子を抱え、満面の笑みで戻ってきた。

結奈はお菓子を机の上に広げながら、

「そう言えばさぁ、綾乃ちゃん。今日はおじさん、仕事で帰ってこないんでしょ？」

「ええ、そうよ」

「だったらさぁ、うちに泊まっていきなよ！」

……なんだと？

話してみた感じでは、今すぐ綾乃に告白されるような心配は少ないだろうけど……。さっきの不可解な頭痛の件もあるし、できれば今は少し距離を空けていたいんだが……。

結奈の提案に、綾乃はしどろもどろになって、

「い、いや、でも、それはちょっと……」

よし。ここは綾乃にのるしかない。

「そ、そうだぞ結奈。急にそんなこと言ったら迷惑だろ」

「お兄ちゃんは黙ってて」

「……はい」

わぁ……。結奈ちゃん、そんな怖い顔もできたんだぁ……。

結奈はぐっと綾乃の両手を掴み、

「いいじゃん、明日休みだし！　ねっ！　綾乃ちゃん！」

「う、う～ん……」

「ねっ！　ねっ！」

「……じゃあ、今日だけ……」

「やったぁ！」

いつからだろう……。この家の実権を妹に握られたのは……。

午後十一時。

時折、となりの部屋から結奈と綾乃の会話が漏れてくる。

「それでねー、お兄ちゃんたらねー――」

「うわー……。それほんと？」

「ほんとほんと。しかもお兄ちゃんって実は――」

「えぇっ!?　……お、男の人って、みんなそうなの？」

「さぁ？　でもあんなの、うちのお兄ちゃんだけじゃない？」

「す、すごい……」

また俺の陰口を言ってやがる……。

　ちくしょう……。どうしてうちの妹は俺をディスることに躊躇しないんだ……。

……いや、待てよ。なぜかは知らんが、綾乃は俺に対して好感度が高く、一瞬だが、学校では俺に告白しようなんて馬鹿げたことを考えてたんだ。その綾乃の俺に対する好感度が下がれば、告白される危険性が減り、俺の安全は確保されるってことじゃないか？

「クスクス。それでねぇ、お兄ちゃんはねぇ――」

「うわっ……。それはちょっと引くかも……」

　くそっ！　やっぱり割り切れん！

　そのあともしばらく二人の雑談は続き、俺は部屋の電気を消してベッドのシーツを被り、ふて寝を決め込んでいた。

…………。

……でも、あれだな。

　となりの部屋に綾乃がいると思うと、なんだか緊張して眠れないな……。

　そう言えばさっき、結奈と二人で風呂に入ってたみたいだけど、服はどうしたんだろう？小柄な結奈の服を借りたところで、綾乃が着るには小さいだろうし……。だったら夕食の時に着てた制服をそのままもう一度着たんだろうか？

……それともまさか、結奈の小さな服を無理やり……。

いや、今はその姿を想像するのはやめておこう。ますます眠れなくなりそうだ。

カタン。タッタッタ。カチャ。……ザー。

そんな音で目を覚ましたのは、深夜の三時をまわった頃だった。ベッドの中で横たわりながら、意識だけが徐々に覚醒していく。

結奈がトイレにでも行ったのか？　綾乃が来てるから気を遣って早くに寝たせいか、変な時間に目が覚めたな……。ま、明日は休みだし、このままた眠たくなるまで起きててもいいか。

やがて、もう一度トイレの水が流れる音と、軽い足音が近づいてくる気配がした。

タッタッタ。…………。……ガチャリ。

ん？

あれ？　今開いたのって、俺の部屋の扉っぽかったけど……。

「《こうちゃん、ぐっすり眠ってるなぁ》」

えっ⁉　あ、綾乃⁉　お前、俺の部屋でなにしてんの⁉

ベッドのすぐ横にいる綾乃の気配を感じながら、俺は必死に寝たフリを決め込んだ。

「《こうちゃんの寝顔かわいい……。ふふふ。私にこうして見られてるとも知らないで》」

知ってるよ！

「《あー、でも私なにやってんだろ……。早く結奈ちゃんの部屋に戻らないといけないのに……。もしも、こうちゃんの寝顔をこっそり見に来たことがバレたら、私恥ずかしくて死んじゃうかも……》」

だったら早く帰ってください！

でも、ここで俺が起きたらあとで気まずくなりそうだし……。

……ところで、綾乃は結局、風呂から上がったあとどんな服を着ているんだ？　まさかほんとに結奈の服を……？

…………ほんの少しだけ目を開けてみるか。

こちらが起きていることがバレないよう、うっすらと目を開けて綾乃の様子を確認する。

すると、パジャマ姿で、目も当てられないほどにんまりと微笑（ほほえ）んでいる綾乃が、すぐそばで俺をじっと見下ろしていた。

くそっ！　普通のパジャマじゃないか！　理想は結奈の小さいパジャマを着ておへそが出た綾乃の姿だったのに！　そのパジャマ結奈のじゃないだろ！　どこで手に入れやがっ

た、ちくしょう！

……違う違う。そんな葛藤をしている場合じゃない。

綾乃は依然、俺が起きていることには気づかず、

「《あれ？　今こうちゃんの目がちょっとだけ開いたような……。気のせいだよねっ。……早く戻らないといけないけど……もうちょっとだけこうちゃんの寝顔を堪能してから帰っても問題ないよねっ！》」

問題大ありだろ！　お前の倫理観どうなってんだ！

ここで俺が起きてることが発覚すると、明日から綾乃と気まずくなるかもしれない……。俺としては綾乃に告白されることは避けなければいけないけれど、昔のような友達関係には戻りたいし、それはできれば避けたい。

ならばここは、寝返り作戦が有効だろう。

小さな唸り声を漏らし、大きく寝返りを打つ。この行為により、興奮で思考回路がショートしている綾乃に、もしかしたら俺が目を覚まして、部屋に侵入していることがバレるかもしれない、という恐怖を与え、脳を現実に引き戻し、自主的に部屋から退散させる。

完璧だ。綾乃を追い払い、さらには綾乃が俺の部屋に侵入したという事実すら闇に葬り去れる。一点の隙もない完璧すぎる計画だ。

よし！　そうと決まれば寝返り作戦実行だ！

ふぁさ。

ん？　なんだ？　今のふぁさっとした感触は？

なんか、頬の辺りに細い糸みたいなのが……。それと、ベッドが若干斜めった気も……。

あー……。なるほど。これあれですね？

綾乃さん、ベッドに腰かけながら、俺の顔を覗き込んでますね？

「《かわいいなぁ、こうちゃんの寝顔。……今ならちゅーしちゃってもバレないかな？》」

なにもかもお見通しだよ！

「《でも……またこうしてこうちゃんの家に遊びに来れるなんて、ほんと夢みたいだなぁ……。久しぶりに学校でこうちゃんを見かけた時は、一人で舞い上がっちゃって、その勢いのまま告白しようとか考えてたけど、早まらなくてよかったぁ……。だってもし告白して失敗なんてしてたら、またこうしてこうちゃんと遊ぶこともできないんだもんね》」

告白された時点で俺は死ぬんだけどな……。

にしても、やっぱり不思議だ……。

俺は綾乃を怒らせたはずなのに、綾乃はどうしてこんなに俺のことが好きなんだ？

……う～ん、わからん。

とにかくここは寝返り作戦を実行し、綾乃を部屋から追い出すことが先決だ。予定よりも接近戦にはなったが、別段問題はあるまい。

カチャ。

あれ？　今、なんか、となりの部屋から音が……。

タッタッタ。

そして廊下を歩く音……。

ちょっと待て……これはもしや……。

「《どど、どうしよう！　結奈ちゃんが部屋から出てきたんだ！》」

マジかよ！

「《こうちゃんの部屋に勝手に入ったのがバレたらまずい！　急いでここから出ないと！で、でも、ここで部屋から出たところを見られればアウト……。深夜にこうちゃんの部屋にこっそりと忍び込む変態認定されちゃう……》」

自覚あったのかよ。

「綾乃ちゃ～ん？　どこ～？」

廊下から結奈の寝ぼけた声が響く。どうやら部屋に綾乃がいないことに気づき、捜しに出たらしい。

「綾乃ちゃ〜ん？」

だが、これは僥倖だ。結奈は綾乃を捜すため、自室から出てきた。ならば、綾乃がいる確率が最も高い一階のトイレを見に行くことは必然。すなわち、そのタイミングを見計らってこの部屋から脱出すれば、結奈と鉢合わせせずにここから出ていける。

結奈はまだ寝ぼけてるみたいだし、部屋に戻ったあとは綾乃が、「え？　ずっとここで寝てたよ？」みたいな顔して押し通せばごまかせるはず。

「《きっと結奈ちゃん、先にトイレを捜しに行くよね？　だったらその隙に戻れば……》」

そうだ、綾乃。それでいい。

結奈の足音が、ゆっくりと部屋の前を横断していく。

ここで結奈に部屋の扉を開けられたら、俺が綾乃を部屋に連れ込んだと誤解されるかもしれない……。そうなれば、俺の兄としての立場が……。

結奈の足音が、部屋の前でピタリと止まる。

まさか……入ってくる気か⁉

綾乃、念のため部屋の隅で隠れていてくれ！

「《こないで！　こないで！　こないで！　あわわわわ！》」

だめだ！　全然頭が働いてない！

最悪の事態を想定したが、扉の前で止まっていた結奈の足音は再び動き出し、そのまま階段の方へ向かって行った。

よ、よかった……。やっぱりトイレの方に行ったか……。だったら今のうちに綾乃が結奈の部屋に戻ればなんの問題も……。

ドタタタタッ！

なっ⁉ ゆ、結奈の足音がすごい勢いでこっちに近づいてくる⁉ どうして⁉

「《終わった……。私はこれからずっと、結奈ちゃんに変態だと思われて生きていくんだ……》」

諦(あきら)めるなよ！

……くっ！ しかたない！

結奈は俺の部屋の前まで来ると、ノックもせず、ノータイムで扉を開いた。

薄目(うすめ)を開けると、結奈が目をギラギラと輝(かがや)かせ、部屋の中をじぃっと見渡(みわた)していた。

だが、そこに綾乃の姿を確認(かくにん)できないでいると、結奈は「ちっ」と舌打ちをし、小声でこうぼやいた。

「……いたらおもしろかったのに……」

おもしろくねぇよ！

そのまま結奈は残念そうに部屋の扉を閉めると、足音は階下へと消えた。

よかった……。なんとか結奈には今の状況がバレずに済んだ……。でも、これ、どうしよう……。

俺の布団の中で、綾乃が目を丸くして固まっている。

というのも、結奈が扉を開く寸前、俺は咄嗟に綾乃を自分のベッドの中に回収し、結奈から綾乃を隠したのだ。

「《……あれ？　ここ、こうちゃんのベッドの中？　え？　どういうこと？　もしかしてこうちゃん、起きてたの？　え？　え？　いつから？》」

『こうちゃん、ぐっすり眠ってるなぁ』の辺りから起きてました。

まだ家の中を徘徊している結奈に気取られないよう、できるだけ小声で言った。

「えっと、綾乃？」

「はい⁉」

「静かにっ」

「……はい」

「……えっと……その……綾乃が寝ぼけて俺の部屋に入ってきて……それで……俺の部屋に綾乃がいるって結奈にバレると変な誤解をされるかもしれないだろ？　だから咄嗟にか

くまったんだけど……」

「……へ？　へぇ？　あれれ？　ここ、結奈ちゃんの部屋じゃなかったの？　あれれぇ？

おっかしいなぁ」

なんてわざとらしい演技なんだ……。

まぁいい。ここはそういうことにして早く事態を収めないと。

「とにかく、今結奈は一階にいるから、急いで――」

そう言いかけたところで、言葉を吞み込んだ。

使い慣れたベッドの中で、不安そうな表情を浮かべた女の子がいれば、誰だって平常心ではいられないはずだ。

綾乃は昔とは比べ物にならないほど大人びていて、背もずっと伸びていた。けれど、抱き寄せてみるとその肩は小さくて、驚くほど華奢に感じられた。

「――急いで……えっと……その……」

綾乃の方も、頰を赤く染め、じっとこちらを見つめている。

「《ち、近い！　こうちゃんの顔がすぐそこに！　あぁー！　なにこれ、天国⁉》」

つーかなにこのいい匂い……。同じシャンプー使ってるんだよな？　それでなんでこんなにいい匂いなの？　え？　綾乃って実は天使なの？　神の使いなの？

しどろもどろになっていると、綾乃は俺の胸にことりと頭を寄せてきた。

「こ、幸太……」

え⁉　まさか告白されないよね⁉　告白されないよね⁉

「幸太……私……ずっと言いたかったことがあるの……」

さっき告白しないでよかったとか心の声で言ってたし、大丈夫だよね⁉

「あの、ね……」

どうする⁉　自分の耳を塞げば告白されても問題ないのか⁉　いや、確実に告白を阻止するなら綾乃の口を塞ぐべきか⁉

そんな心配をしている俺を他所に、綾乃は予想外の言葉を口にした。

「なにも言わずに転校しちゃって……ごめんなさい……」

「……へ？」

告白、じゃないのか……？

「あの時、お父さんの仕事の関係で急に転校が決まったの……。そのことを幸太たちに報告するだけの時間はあったたし、今までも連絡しようと思えばできた……。でも……どうしても、言い出せなくて……」

小学生の時。俺は綾乃を傷つけ、そして、綾乃はいなくなった。

言い出せなかったというのなら、もしかしたらそのことが原因の一つになっているのかもしれないと、頭の片隅で思った。

「……気にするなよ。そんなの、お互い様じゃないか」

「お互い様……？」

「……あの時から、ずっと後悔してた。どうして、もっと綾乃のことを考えてやれなかったのか……。どうして、すぐに綾乃のあとを追いかけてやれなかったのか……」

「…………幸太？」

「俺は……俺は……ずっと、綾乃に――」

その時だった。

俺と綾乃が被った掛布団が、勢いよく引きはがされたのは。

はっと顔を上げると、両手で掛布団を取っ払う結奈の姿があった。

結奈は俺と綾乃の姿を確認するや否や、驚くほどの速さで心の声を垂れ流した。

「《ベッドの中で寄り添い合う二人。お互いに着衣の乱れはなし。扉から近い方に綾乃ちゃんが寝ていることから、布団にもぐり込んだのは綾乃ちゃん、あるいは、お兄ちゃんが引っ張り込んだ可能性が高い。少なくともお兄ちゃんが押し倒したわけではなさそうかな。綾乃ちゃんが自分から布団にもぐり込むほど大胆な性格だとは思えないし、さすがにお兄ちゃんも嫌がる相手をベッドに引き込んだりはしない。だとすれば寝ぼけた綾乃ちゃんが間違えてお兄ちゃんの部屋に入り、結奈に見つかりそうになって、お兄ちゃんが慌ててベッドの中に引き込んだと想像するのが妥当。うん。情状酌量の余地は残ってるかな》」

結奈の脳内裁判、それはわずか数秒のできごとだった。

結奈は、ベッドに横たわっていた綾乃を引っ張り出し、そのままズルズルと引きずった。まるで借りてきた猫のようにおとなしく連れて行かれる綾乃を他所に、結奈は不気味なほどにっこり微笑むと、俺に向かってこう言い放った。

「お兄ちゃん、サイテー」

「えっ⁉」

情状酌量じゃないの⁉

◇　◇　◇

翌朝。居間に行くと、すでに結奈と、制服姿の綾乃が椅子に座っていた。

「お、おはようございまーす……」

平身低頭あいさつをすると、結奈が冷めた目で俺を睨みつけた。

「あー、うん。おはよ」

あれ？　お、怒ってる？　やっぱり怒ってるの？

「えっと……結奈、実は昨日は……その――」

「お兄ちゃん」

「はい……？」

「お腹、減ったんだけど」

朝ご飯作れってことですね？

「……す、すぐに用意します」

「うん。よろしくね《昨日の件は綾乃ちゃんから詳しく聞いて、結奈の考えた通りだったってことは知ってるけど、これをダシに一週間くらいは全部お兄ちゃんにご飯作ってもらっちゃおっと☆》」

うちの妹はいつからこんな性格になったんだろう……。昔はもっと内気だったのに……。

結奈の横で、綾乃が申し訳なさそうに目を伏せている。

「《こうちゃんごめん……。私のせいで……。私が、こうちゃんの寝顔が見たいがためにこっそり部屋に入ったせいで……》」

ほんとだよ！

◇　◇　◇

その後、肩身の狭い朝食を終えると、綾乃はいそいそと学生鞄を手に持ち、

「ごめんなさいね、朝ご飯までいただいてしまって……」

「いいんだよ綾乃ちゃん！　どうせうちには結奈とお兄ちゃん以外誰もいないし、綾乃ちゃんなら毎日でも大歓迎だよっ！」

「《毎日こうちゃんの寝顔が見放題……。いいかも》」

勘弁してください。

「じゃあ、俺は綾乃を家まで送ってくるから、結奈は留守番してろよ」

「……え？　家まで送る？　綾乃ちゃんを？　どうして？」

「どうしてって……。まぁ、まだ明るい時間だし、変な奴がうろついてるとは思わないけど、それでも一応送るだろ、普通」

「……ぷっ。そ、そうだね。危ないから送ってあげた方がいいかもね、一応」

なんだ？　やけに楽しそうにニヤついてるけど……。

綾乃の方を見ると、綾乃はそわそわと毛先を指で遊んでいた。

「まぁ、送ってくれると言うのなら甘えようかしら。どうせ幸太、家にいてもすることがないだろうし《こうちゃん、私のこと心配してくれてるんだ！　嬉しい！》」

こいつは相変わらず表情と心の声が一致してないな……。

昨日の夜はもう少しかわいげがあったのに……。

それから綾乃を連れ、一緒に玄関を出ると、なぜか笑いを押し殺している結奈がひらひらと手を振って見送っていた。

「じゃ、じゃあね、お兄ちゃん。行ってらっしゃい。帰りは遅くならないようにね。ぷぷ」

だからなんでお前はそんなに楽しそうなんだ……。

「……行ってきます」

「はーい。行ってらっしゃーい」

少し先で、綾乃も同じように手を振った。

「お邪魔しました。またね、結奈ちゃん」

「うんっ。またいつでも来てねー」

バタン、と玄関扉が閉まると、綾乃の横を一緒に歩いた。

「なんか結奈の様子が変だったけど……」

「え？　そうだったかしら？　《こうちゃんの顔しか見てなかった……》」

人の話はちゃんと聞こうな……。

ゆっくりとした綾乃の足取りに倣い、こちらもペースを合わせてゆっくりと歩く。

「綾乃ってどこに住んでるんだ？　また前のマンションか？」

「いいえ。あそこは元々賃貸だから。今度は父がローンで一軒家を買ったのよ」

「へぇ。どこに？」

「ほら。そこよ」

「そこ？」

綾乃が指差した先には、俺の家のとなりに以前からある空き家しかなかった。

「……ちょっと、なに言ってるかわからないんだけど」

「だからそこよ、そこ」

「……いやいや。そこって、空き家だから……」

「だから、その空き家に引っ越してきたのよ。昨日の夜、パジャマを取りに一旦家に帰ったんだけど、知らなかったの？」

あぁー。どうりで見覚えのないパジャマを着てると思ったー……。

にしてもとなりって……マジかぁ……。

「これからよろしくお願いするわね、おとなりさん」

「……よ、よろしくお願いします」

ふと横を見ると、俺の家の玄関先で、クスクスと人を小馬鹿にしたように笑っている結奈の姿があった。

「帰り、迷子になっちゃだめだよ、お兄ちゃんっ」

「なるか！」

その日の午後。神楽猫神社。境内。
綾乃の奴、まさかとなりに引っ越してきていたとは……。これから大変そうだなぁ……。
ますますこの能力について詳しく知る必要があるな。能力のことを調べるためには、人混みの中に長時間滞在したり、綾乃や結奈を使って実験したりするのが一番手っ取り早いんだけど、それだと同時に危険を伴うことになる。今はせめて、昨日、綾乃との会話中に発生した頭痛の原因だけでも突き止められればいいんだけど……。
鳥居をくぐった途端、どこからともなくやってきた白夜が、「にゃー」と俺の懐に飛び込んできた。

ごろごろと喉を鳴らす白夜のお腹を、わしゃわしゃと撫でる。

「おーおー。白夜ぁ。元気にしてたかー？」

「にゃー！」

「そうかそうか。そりゃあよかった。ところで猫姫様はどこだ？　そろそろ全部の注意事項を解読し終えたか？」

「………」

白夜よ、どうしてお前はそんなに悲しそうな顔をしているんだい？

嫌な予感を覚えながら、周囲に人気がないことを確認し、靴を脱いで拝殿にお邪魔した。

部屋の中央にはもこもこの柔らかそうなクッションが置いてあり、その上で猫姫様が丸くなってすやすや寝息を立てている。

「猫姫様。……おーい、猫姫様」

「……うにゃ……」

ぴくぴくと耳が動くと、つい触ってみたい衝動に駆られたが、そこはぐっと我慢して猫姫様の体を揺さぶった。

「猫姫様。猫姫様、起きてください」

「うにゃあ……？」

猫姫様が寝ぼけ眼で上半身を起こすと、体に纏っていた羽衣もふわりと宙に浮いた。

「にゃんだぁ……？」

「例の解読の件はどうなりましたか？」

「んー？　……あぁ、お前か……。えっと、たしか……にぶ？　にぶなんとか……」

「にたけです。二武幸太です。寝ぼけてないでしっかりしてくださいよ」

「あぁ、そうそう。それそれ。……で、なんの用じゃ？」

「なんの用じゃ、じゃありませんよ。解読はどうなってるんですか？　新しい注意事項はわかったんですか？」

「……お、おぉ。その件な。うむ。万事抜かりはない」

猫姫様は例の分厚い取り扱い説明書をバタンと床に広げると、その中の一文を指でなぞった。

「この部分に新しい注意事項が書かれておった」

「おぉ！　それで、なんて書かれてたんですか？」

「注意事項その四、『使用者に対する異性の好感度を急激に低下させて負の感情を肥大化させると、比例して心の声が増大し、使用者に頭痛を生じさせる。悪化すれば死ぬ』じゃ」

また死ぬのか……。

「……つまり簡単に言えば、異性の好感度を下げすぎると死ぬ、みたいなことですか？」

「うむ。そうじゃろうな。おそらくこれは、飴玉の使用者が、誰かに告白されて死ぬくらいなら最初から嫌われた方がマシだと考え、わざとそういう行動をとって告白の危険を減らすということをさせんようにしとるんじゃろうな」

「またいったいどうしてそんなことを……。このおかしな能力を作った『嫉妬の神』は、青春してる奴らが憎いんでしょう？　だったら使用者が自分の意思で嫌われて青春から遠ざかれば、それで目的は達成されるはずじゃないんですか？」

「……いや、『嫉妬の神』はそういう性格はしとらん。狙った獲物はじわじわとなぶり殺し、最後には相手に殺してくれと懇願させる、そういうのが好きな変態じゃ」

「どうしてそんなヤバい奴が神様なんてやってるんですか……」

「神とは往々にしてそういうものじゃ」

「………………」

　ともかく、これで綾乃との会話中に頭痛に襲われた理由がはっきりしたな。

　あの時綾乃は、教室で俺が綾乃に話しかけなかったことを思い出し、そのことに対して憤りを覚えていた。その結果、負の感情が心の声を大きくさせ、頭痛となって襲い掛かってきたわけだ。

けど、あの時頭痛はすぐに治まったし、この注意事項はそれほど脅威じゃないのかもしれないな。あくまで、俺自身が綾乃にわざと嫌われるのを防ぐために作ってるんだろうし。『使用者に対する異性の好感度を急激に低下させて』って書いてあるってことは、相手の俺に対する好感度が大きくかかわってくるということか？

たとえば、俺に対して好感度の低い異性に対して冷たい態度をとっても頭痛が生じるようなことはないけど、好感度が高い異性に対してまったく同じ態度をとった時は、頭痛が生じてしまう、とか。

だとすれば、今のところ警戒すべきは、俺に対する好感度がなぜか異常に高い綾乃一人だな。

ふと、開きっ放しになっている取り扱い説明書に視線がいった。

「それで、猫姫様？　取り扱い説明書の他の部分にはなんて書いてあったんですか？」

「ん？　どういう意味じゃ？」

「いや、ほら。暗号で読めませんけど、なにか他にもいろいろ書いてあるじゃないですか。もちろん全部解読してくれたんでしょう？」

「まだじゃ」

「……まだ？」

「お前はアホか？　わしはさっきまでお昼寝をしとったであろう？　どうすればその状態で解読ができるというんじゃ」

「俺の命よりお昼寝を優先させないでくださいよ！」

猫姫様は不機嫌そうに鼻を鳴らすと、そのまま床に置いてあったクッションにごろんと飛び乗った。

「わしはまだお昼寝の途中じゃ。帰れ」

ほんと……神様にはろくな奴がいねぇな。

「つーか、俺今本当にヤバいんですって！　俺のこと嫌ってたはずの綾乃が、なぜかめちゃくちゃ俺のこと――」

「わーかっておる、わかっておる！　みなまで言うなっ」

「わかってるって……。まだなにも話してませんけど……」

猫姫様は自分の尻尾で、俺の足元に転がっていた水晶玉を指示した。

「それでお前の行動は逐一監視しとるし、お前を通しておなごの心の声も聞こえてくる。ゆえに、なにが起こっておるかは把握しておる。いちいち報告するでない」

「へぇ……」

さよなら、俺のプライバシー……。

「……あ、あの、もしかして、綾乃の俺に対する好感度があんなに高いのって、あの変な飴玉のせいなんじゃないですか？」

「いや、それはありえん。あれは使用者以外の第三者に直接影響するような類のものではない。じゃからお前が、あの綾乃とかいうおなごからモテモテなのは元からじゃ」

「で、でも……俺、昔酷いこと言っちゃって……嫌われたはずなんですけど……」

「そんなことは知らん。そっちは自分でなんとかせい。……わしは……もう……」

「猫姫様？　おーい……。……寝やがった」

休み明け、俺はようやく学校へ向かう決心をした。
とにかく、このまま休んでいてもしかたがない。この前の様子だと、綾乃が今すぐ俺に告白してくるようなことはないだろう。であれば、これ以上好感度を上げないように気をつけて生活すれば問題ない……はず。
家を出た直後、どこからか声が聞こえてきた。
「《やっと来た！　こうちゃんだ！　よ、よぉし！》」

ガチャリと隣家の扉が開くと、そこから綾乃が姿を現した。綾乃は俺の姿を確認すると、まるで殺気立ったように目を尖らせる。

「《おはようって言うぞ！　おはようって言うぞ！　あぁ、もう！　緊張するぅ！》」

この前散々喋ってたのに、なんでちょっと会わなかっただけでそこまで緊張するんだよ。

……つーか、顔こわっ！

「《おはようって言うだけ！　おはようって言うだけ！》」

このままだと食い殺されそうだな……。しかたない……。

「……お、おはよう、綾乃」

綾乃はほんの一瞬、眉をピクリと動かすと、なんでもないように髪をかき上げた。

「あら、おはよう、幸太。偶然ね」

なにが偶然だよ。お前絶対のぞき穴からこっち見て待ち伏せしてただろ。

綾乃はいけしゃあしゃあと、そのまま歩調を合わせて俺のとなりを歩き始めた。

「《やったぁぁ！　久しぶりにこうちゃんと一緒に登校だぁぁ！　うぇぇぇぇい！》」

朝からテンション高いなー……。

◇　◇　◇

そこそこの人混みで溢れる電車の中。俺と綾乃は横並びでつり革に掴まっていた。

こういう人の多いところはまだ慣れないなぁ。心の声があちこちで飛び交ってる……。

そんな中、となりにいる綾乃の心の声は一際大きかった。

「《あぁ……。こうちゃんがこんなに近くにいる……。うふふ。これからは毎日こうちゃんと一緒に登校できるんだぁ》」

毎日は勘弁してほしんだけど……。

……にしても、この状況って心の声が聞こえてなかったら、普通に険悪だと勘違いしそうだな……。会話もないし、目を見たら逸らされるし……。けど……。

「《ふふふ。こうちゃん、ぼうっとしてるなぁ。今ならじっと見つめてもバレないよね》」

なんて考えながら、綾乃は俺の横顔をガン見していた。けれどその様子は、車窓に反射して俺の目にもばっちりくっきり映り込んでいた。

すげぇ睨んでるなぁ……。

「《あ、今電車が揺れた瞬間、こうちゃんと肩がちょっとぶつかっちゃった！　ふふふ。ラッキー！》」

にしてもかわいいな、こいつの心の声。油断するとやられそうだ……。

綾乃は俺の手をちらちらと気にして、

「《こ、こうちゃんの手、勝手に握ったらバレるかな……？》」

バレるに決まってるだろ。

俺をなんだと思ってるんだ。

学校に到着し、教室に入ると、それまで近くを歩いていた綾乃はスタスタと足早に自分の席へ向かった。

俺も遅れて自分の席に座ると、前から明るい声が飛んできた。

「幸太っ！　久しぶりだね！」

「あぁ、みずきか。久しぶりー」

「体はもう大丈夫なの？」

こてん。

あいかわらずかわいいなぁ。癒されるぅ。

「えへへ。体？　あぁ、うん。大丈夫大丈夫。まったく問題ない」

「そっか！　それならよかった！　……でも、なんでそんなニヤついてるの？」

「元々こういう顔だ。気にするな」

　みずきはチラッと綾乃の方を盗み見ると、

「《今、幸太と夢見ケ崎さん、一緒に教室に入って来たけど、二人で登校してきたのかな？　二人が幼馴染っていうのは前に聞いたけど、もしかしてそういう関係？　……いや、それはないか。だって幸太だし。……でも、あとでからかってやろうっと！》」

「おい。変な誤解してんじゃねぇよ。綾乃は俺の家のとなりに引っ越してきたんだよ。で、朝たまたま一緒になっただけで――」

「えっ⁉」

　みずきはなぜか、慌てた様子で自分の口元を押さえている。

「ボ、ボク、今、口に出してた⁉」

「口に出すもなにも……」

　……あれ？　そう言えばさっき、みずきの口、動いてなかったような……。

　てことは、俺はみずきの心の声に返事をしてしまったということか？

　みずきは慌てた様子で続ける。

「ご、ごめんごめん！　ちょっとした冗談だよ！　幸太のことからかったりしないって！」

……いや、ちょっと待てよ。

俺の能力ってたしか、異性の心の声が聞こえるんじゃなかったっけ？

でも、みずきは女みたいな顔はしてるけど、男だぞ……？

またも、みずきの声が耳に届く。

しかしやはり、みずきの口は一切動いていなかった。

「《やっちゃったなぁ……。頭の中で考えてたこと、うっかり口に出してたみたい……。もっと気をつけないと。……こんな調子じゃいつか、実はボクが女だってこともぽろっと言っちゃうかもしれないし……。危ない危ない》」

お前今ぽろっとなんて言った⁉

第三章『男装乙女とのコミュニティーも築けます』

西園寺みずきは女である。イエス、オア、ノー。

その真偽をはっきりさせようと、休み時間が来るたびにみずきとあれこれ世間話をしてみたが、どれも確信には至らず、答えを出せないまま四時間目の体育の時間を迎えた。

普段俺たちが勉強をしている北校舎からやや離れた位置にある体育館。まだ建てられたばかりで、中の設備も充実している。シャワーあり、更衣室あり、屋内プールあり。

そして、その入り口付近から延びる廊下をまっすぐ進んだところにある男子更衣室の前まで来ると、みずきはそこでピタリと足を止めた。

「じゃあ、ボク、いつも通りトイレで着替えてくるから。先に体育館に行っておいてね」

「……おぉ」

これまでみずきは、一度も他の男子と一緒に更衣室で着替えたことはなかった。てっきりただの恥ずかしがり屋だと思ってたけど、もしかして本当に……。

いや、そんな馬鹿な話があるか。

俺は一年生の頃、ずっとみずきと一緒にいたんだぞ。さすがに女だったら気づくだろ。

たしかにみずきは、腰のくびれが妙に色っぽいし、声だって高いし、顔だってめちゃくちゃかわいいし、近くにいるとほんのりと甘い香りがするけども……だからって……。

………。

いや、今は深く考えるのはよそう。

体育館アリーナ。

男子と女子は同じアリーナ内で授業を受けるが、男子と女子のエリア間には、天井から緑のネットが張られ、お互いの邪魔にならないようになっている。

本格的にバスケの授業が始まる前に、二人一組になって準備運動をすることとなった。

当然のように、とことこと小走りでみずきがやってくると、

「さぁ、幸太。準備運動の時間だよっ！」

「……あ、あぁ」

みずきが女だなんて……やっぱりありえないよな……。

みずきは、乗り気でない俺を強引に床に座らせると、そのままそっと俺の太ももに手を添えた。

「さぁ、足をまっすぐ伸ばして」

みずきの指先の感触が、ジャージ越しに太ももをなぞる。

言われるがまま足を前方に向かって伸ばすと、みずきはぐっと俺の両肩に体重をのせた。

「幸太は体が硬いなー。もっときちんと柔軟しないとだめだよー」

「……そうだな」

「ん？　どうしたの？　なんかいつにも増して暗いけど？」

「いや、別に……」

「そう？」

きっと傍から見ると、なにげない日常の一ページに思えるだろう。

しかしだ。心の声が聞こえる俺にとって、それは日常とは言い難いものだった。

「《ふふふ。でもやっぱり、幸太は多少暗くて物静かなところがいいんだよなぁ。意外と話は合うし、一緒にいて疲れないし。まだみずきが本当に女だと判断するには早い。

い、いやいや。まだみずきが本当に女だと判断するには早い。

みずきの心の声は絶えず聞こえてくるけども、そもそも俺の読心能力が異性の声しか聞こえないって言ったのは、あの適当な性格の猫姫様だ。なにかの拍子で同性の心の声が聞こえてもおかしくない……はず。

「《にしても、幸太ってあいかわらず鈍感だよなぁ。ボクがこれだけ近づいても、全然女だって気づかないんだもん。ま、正体を隠してるボクにとってはありがたいんだけどね》」

ま……まだ……女だとは……。

「はい。おしまーい。じゃあ、次は幸太ね」

「……え？」

「え、じゃないよ。今度は幸太がボクの背中を押してよ」

「押すのか、俺が……」

「なにその質問……。ボクの柔軟はどうでもいいってこと？」

「いや、そんなことは……」

「だったらほら、早く」

足をピンと伸ばして急かしてくるみずきの両肩に手をのせ、ゆっくりと体重をかけると、みずきの上半身はそのままぴったりと膝にくっついた。

「あいかわらず柔らかいな……」

「まぁねー」

みずきがあまりに上半身を倒すもので、肩に添えていた手はいつの間にか背中を押す形に変わっていた。

……本当にみずきが女だとすれば、下着はどうしてるんだ？

見たところ胸はないみたいだし、さらしでも巻いてるのか？　それともなにか小さく見えるような下着とかつけてるんだろうか？　もしもそういうのをつけてたら、服の上からでも触ればわかるものなのか？

「あはは！　ちょ、ちょっと！　幸太！」

「……え？　どうした？」

「背中！　背中触りすぎ！　くすぐったいよ！」

「あっ！　わ、悪い！」

なにをやってるんだ、俺は……。

パッと手を離すと、頬を赤らめたみずきが「もうっ。幸太ってばー」と少し照れくさそうに頬を膨らませた。

かわいいという言葉は、きっとみずきのために存在しているのだろう。そうに違いない。

やはりここまで反応を見ると、みずきは女かもしれないと思わざるを得なかった。

しかし、それは同時に、俺は一年もの間みずきと一緒にいて、みずきのことをなに一つわかってやれていなかったんだということの証明にもなってしまう。

自分をそんな薄情な奴だと思いたくなくて、俺はそっとみずきから目を逸らした。

バスケは得意でも苦手でもなかったが、チームワークというものについぞ縁のない俺には、滅多にパスが回ってくることはない。

ただ、全員が必死に汗水たらしている中、ぼうっと突っ立っていると顰蹙を買ってしまうので、一応ボールがあるところに向かってふらふらと走り回っていた。

バスケなんていうものは、俺の手にかかればシャトルランとなんら変わらないのだ。

そんな中、事件は起きた。

「おい！　大丈夫か！」

男子生徒の誰かがそう叫んだ。そしてその声がした方向を見ると、みずきが右足を抱えてうずくまっていた。

慌ててシャトルランを中断し、倒れているみずきのもとに駆け寄った。

「大丈夫か？　足を痛めたのか？」

みずきは苦痛で顔を歪めながらも、必死に笑顔を作っている。

「あ、あはは。ジャンプした時、着地に失敗しちゃった……。だ、大丈夫大丈夫！　たいしたことないし！」

そう言って立ち上がろうとするが、右足を地面につけた瞬間、またもみずきはその場にくずおれてしまった。

心配した体育教師もやってきて、みずきの足首を入念に確認した。

「こりゃたぶん、捻挫だな。冷やしてればすぐに痛みは治まると思うが、一応保健室で休んどけ。えっと、このクラスの保健委員は……」

「はい」と一人の男子生徒が手を上げる。

「飯田か。じゃあ、ちょっと西園寺を保健室までおぶってやってくれ」

「わかりました」

その会話を聞いていたみずきが、足を抱えながら真っ青な表情を浮かべた。

「《どど、どうしよう！　おぶってもらうっていうことは、つまり、密着するってことだよね⁉　そんなことしたらさすがに女だってバレる！　絶対バレるって！》」

たしかに、みずきがいくら外見的には胸を隠せていたとしても、背中におぶれば違和感が生じるかもしれない。

みずきが女であることに確信は持てないが、ここまではっきりと心の声を聞かされていたんじゃ、放っておくわけにもいかないな……。

ここは、みずきをおぶって保健室まで連れて行く役目を俺が担(にな)うのが一番だ。万が一、本当にみずきが女だったとしても、俺ならその違和感に気づいていないフリをしてやれる。とりあえず、この場で大事になるようなことはない。

けど、問題はどうやってその役目をもらうかだ。

なんの理由もなく、みずきを保健室まで運びたい、なんて言ったらサボりだと思われ、止められる可能性がある。俺も体調不良だということにするか？　……いや、それだとみずきをおぶること自体止められるな。だったら忘れ物をしたから取ってくるついでに……なんてのも無理だな。体育の時間で忘れ物なんて、体操服とシューズくらいしかないが、俺はそのどちらもすでに身につけている。

ならば、ここは――

「なぁ、飯田」

俺に呼ばれた飯田が、間抜(まぬ)けな顔で立ち止まる。

「え？」

「俺がお前の代わりにみずきを保健室まで連れて行こう」

「……は？　なんで？」

数名の生徒や、体育教師も、俺と飯田のやりとりを不思議そうにうかがっている。もしもここで不用意な発言でもしようものなら、サボろうとしていると勘違いされ、俺の提案は却下されるだろう。

しかし、俺はこの場にいる誰もが納得する提案を持っていた。

「飯田、お前の方が、俺よりバスケがうまいからだ。お前が抜けるより、俺が抜けた方がチームのためになる。そうだろ？」

その場で聞いていた全員が、「あぁ、なるほど」と頷くと同時に、「たしかにお前はいてもいなくてもいいな」という視線を俺に浴びせかけた。……いや、本当にそう思ってたかは知らないけど。

飯田は難なく「じゃ、よろしく」と、そのままもといた場所へ戻って行った。

俺の隙のない完璧な提案のおかげで、体育教師からも異論の声は上がらなかった。そりゃそうだ。俺は決してサボろうとしているわけではないのだ。精密な戦力分析による、完璧な取捨選択を行ったまでだ。今ならわかるぞ。チームワークの大切さが。

みずきのもとまでたどり着くと、みずきは少し気まずそうに言った。

「……幸太も、いつかバスケで活躍できる日が来るよ。きっと」

哀れむんじゃねぇよ！

「そういうのはいいから背中にのれ」

「え、いや、それは……《幸太だったら鈍感だし、密着しても気づかれないだろうけど、万が一ってこともあるし……》」

人のことを鈍感鈍感言いやがって……。

「《ど、どうしよう……》」

「ほら！」

「うわっ」

最後まで踏ん切りがつかないみずきを強引に背負うと、そのままゆっくりと出入り口に向かって歩を進めた。

「《や、やばっ！　今、胸が当たっちゃったかも……》」

みずきが懸念していた通り、俺の背中には、僅かだがふっくらと柔らかな胸がぶつかって……ぶつか………。

…………？

…………？

どうやら、みずきが男である可能性を捨てるのはまだ早いようだな。

「《幸太が鈍感でよかったぁ。この様子なら気づかれそうにないよねっ》」

一旦保健室にみずきを届け、みずきの着替えを取りに戻り、もう一度それを届けるために保健室までやってきた。

保健室の扉を開くと、奥のベッドで足をぶらぶらさせているみずきと目が合った。

「あ、着替え持ってきてくれたの？　ありがとう、幸太」

「おう。……あれ？　保健の先生は？」

「なんか用事があるって出て行っちゃった」

見ると、みずきの足首には包帯が巻かれている。

「足、大丈夫か？」

「うん。やっぱりただの捻挫だって。さっき氷で冷やしてもらってかなりマシになったよ。二、三日すれば完全に痛みも引くってさ」

「そうか。たいしたことなくてよかった」

制服が入った巾着袋を手渡し、体育館の入り口に置いてあったみずきの靴を床に置く。

「ありがとう」

そう言ったみずきの額に、じっとりと汗が滲んでいるのがわかった。そしてようやく、保健室が外に比べてかなり暑くなっていることに気がついた。

「にしても、この部屋暑いな。……うわっ。暖房ついてるし……」

「消したいんだけどさぁ、エアコンのリモコンがどこにも見当たらなくて……」

「いやいや、窓開けろよ」

「でも、暖房つけながら窓なんて開けたら電気代が……」

「怪我人がそんなこと気にするな。悪いのはこんな時季に暖房つけて出てった先生だろ」

ガラリと窓を開けると、一転して冷たい風が舞い込んできた。

ベッドに腰かけているみずきが気持ちよさそうに声を伸ばす。

「ふぅー。生き返るー。いやぁ、やっぱりもっと早く窓開けてればよかったぁ。おかげでもう汗だくだよぉ」

「外の風は涼しいから、さっさと着替えちまえよ。でないと風邪引くぞ」

「だねー」

「じゃあ、俺はもう体育館に戻るわ。あんまし遅くなると怒られそうだし」

「うん。いろいろありがとう」

そうして保健室を出て体育館へ向かうが、すぐに足を止めた。

あ、そうだ。みずきの奴汗かいてたし、なにか飲み物でも買っといてやるか。

校内にある自販機でペットボトルのお茶を買い、それを持って保健室に引き返す。

「おーい、みずきー。お茶買って——」

保健室の扉を開けた次の瞬間、俺は確信した。

みずきはたしかに女で、俺は一年もの間みずきと一緒にいて、その事実を見抜けなかった、薄情でどうしようもない鈍感野郎だったということを。

というのも、あろうことか、みずきはベッドの上で、さっきまで着ていた体操服のジャージとシャツを脱ぎ捨てていたのだ。

露になった真っ白な肌には汗粒が光り、背中に背負っていた時には気づかなかった僅かな二つの膨らみがはっきりと見て取れた。

というか、紛れもなくおっぱいであった。

気持ちよさそうに手で顔を扇いでいたみずきは俺と目が合うと、「あ」と声を漏らし、そのまま固まってしまった。

カコン、と音がして、持っていたペットボトルが床に落ち、コロコロと転がっていく。

「え……えと……みずき……あの……」

「……幸……太？」

「わ、悪い……その……お、お茶……お茶、買ってきて……」

　みずきははっと目を見開くと、慌てててベッドのシーツを手繰り寄せて胸を隠した。

「《バレたバレたバレたバレたバレた！　幸太に、ボクが女だってバレた！　どうしようどうしようどうしよう！　家のしきたりで、男のフリをしてないと普通の学校に通っちゃだめとか、絶対説明してもわかってもらえないよね⁉　だったらなんて言えば……》」

　みずきさん、どんなご家庭で育ったんですか……。

「《あぁ、もう！　どうしよう！　ボク、女だってバレたら退学させられちゃうのに！》」

　退学って……マジかよ。

「《せっかく友達だってできたのに、退学なんて絶対嫌だ！》」

　…………。

　ど、どうする……？　みずきが女だったってことは、最早確定だけど、そのことがバレれば退学になるだなんて……。

　家の妙なしきたりらしいけど、俺としては、みずきとは隠しごとなく普通の友達としてやっていきたい……。けど、そうなれば女だってことがバレたことになって退学……。

　くそっ！　どうすればいいんだ！

みずきの目にじんわりと涙が溜まり始めると、咄嗟に口から言葉が漏れた。

「み、みずきってさ、案外着やせするタイプなんだな！」

みずきが、ぽかんと口を開けてこちらを見やる。

「……へ？」

くっ！　思いつきでみずきの正体に気づいていないフリをしたけど、さすがにダメか……。いや、今更あとに引くわけにはいかない！　このまま押し通す！

「でも、全然気にするほどじゃないと思うぞ？　そういう奴、結構いるし」

「《も、もしかして幸太、ボクが女だって気づいてない？》」

よ、よし！　いいぞ！　みずきは俺をただの鈍感野郎だと思い込んでる！　だからこそ、俺のこの荒唐無稽な話を信じるはずだ！　それで、俺がこの先もみずきの正体を黙ってさえいれば、みずきは退学にはならないし、俺たちは友達のままでいられる！

さぁ、みずき！　のってこい！

「《ほ、本当に気づいてないのかな？　いくら幸太が鈍感だからって……。で、でも、さっきおんぶしてもらった時も、幸太全然気づいてなかったし……。まさか本当に……》」

よぉし。そうだ。その調子だ。

「《待てよ。だったら今、ボクが変に胸を隠してたら、逆に怪しいんじゃないか？》」

「……ん？

「《幸太がボクの正体に気づいていないのであれば、ここはボクも、いつも通り堂々としてないと！》」

ちょ、ちょっと、みずきさん？

「《だったら——》」

みずきは、それまで胸を押さえていたシーツを取っ払うと、再び胸を露出させ、顔を赤らめながらぎこちない口調で嘯いた。

「……い、いやぁ、実はそうなんだよねぇ。ちょっとこの胸の辺りに余計な脂肪がついちゃって、恥ずかしくていつもトイレで着替えてたんだよねー」

こ、こいつ、おっぱい出してなに言ってるんだ……。

やば……。おっぱいのせいか知らないけど、なんかみずきがエロく見えてきた……。

動揺してることを悟られたら、みずきの正体に気づいたってバレる……。

ここは何気ない風を装わないと……。

「……あ、あはは。や、やっぱりなー。じゃ、じゃあ、俺はもう体育館に戻ろっかなー。あ、そうだ。はい、これお茶」

「わ、わぁ、ありがとうっ《幸太の態度がいつにも増しておかしい……》」

いつにも増してってなんだよ！

「《もしかして、やっぱりボクが女だって気づいてる？　……か、確認しないと！》」

みずきは、その場を去ろうとしている俺の手を思い切り引っ張ると、強引に自分の胸に俺の手のひらを押しつけた。

ぎゃあああああ！　柔らかぁい！

「ちょ、ちょっとみずき⁉」

咄嗟に、手を引き戻そうとして力を込めると、胸に押しつけられた指先がぎゅっとみずきの胸に沈み込んだ。

みずきの口から、声が漏れる。

「……んっ」

え？　なにそのエロい声？　え？　え？

みずきは意図せず出してしまった嬌声をごまかすように喉を鳴らしたあと、今にも恥ずかしさに押しつぶされそうな表情をしながら、

「ほ、ほらねっ？　こ、こ……こんなに、お肉がついちゃったんだぁ《あわわわわ！　は、恥ずかしすぎて死んじゃいそう！　で、でも、もしもボクが女だと気づいているのなら、童貞の幸太なら絶対に慌てて手を引っ込めるはず！》」

えっ!?　なんで俺が童貞って知ってんの!?

つーか、そんなこと言われたら逃げるに逃げられないんですけど！

お、落ちつけぇ……。落ちつけぇ……。この窮地を乗り切れば全てうまく……。

「んっ……あっ……」

すべて……うまく……。

「……はぁはぁ……ん……」

…………。

「…………あっ……んっ！」

ちょっとエロい声出すのやめて！

俺手動かしてないよね!?　みずきが思い切り押しつけてるだけだよね!?

だったらもう少し声我慢しようよ！

あぁ……もう無理……。これ以上は立っていられない……。主に下半身的な理由で……。

そうなったら最後、俺がみずきの正体に気づいてることがバレてしまう……。

くっそぉ……。いつまで続くんだ、これ。早く納得してくれ……。

……そ、そうだ。こういう時は素数を数えるんだ。

えーっと……一、二、三……あれ？　一って素数だっけ？

素数カウント作戦が功を奏したのか、みずきはようやく俺の手を解放した。

「《あー……。恥ずかしかったぁ……》」

こっちのセリフだよ！

みずきはあっけらかんとした風を装って、

「あ、あはは。冗談冗談。ごめんね、変なことして《どうやら、本当にボクが女だってことはバレてないみたいだな》」

「ま、まったくもうー。やめろよなー」

心臓の鼓動がヤバいんですけど……。それと早く服を着ろ、服を。

みずきが服を着るのは待たず、俺はそのまま即座に踵を返し、みずきから距離を取った。

「じゃあ、またあとでなー」

「うん。またあとでねー」

ピシャリと扉を閉めると、中からみずきの心の声が漏れ出てきた。

「《わぁぁぁぁぁ！　ボクはなにをやってるんだぁぁ！》」

悶え苦しんでらっしゃる……。

……………にしても。

女の人の胸って、小さくても結構柔らかいんだな。

その日の放課後、例の馬鹿げた取り扱い説明書について新たな発見はないかと、神楽猫神社を訪れた。

◇　◇　◇

相変わらずこぢんまりとした神社で、参拝客もおらず、数匹の猫が境内の中で追いかけっこをして遊んでいた。

周囲に人気がないことを確認し、そっと拝殿の扉を開ける。すると中には、小ぶりなスイカほどの大きさの鞠を、楽しそうにビシビシと叩いて遊んでいる猫姫様の姿があった。

神様ってみんなこんな感じなの？

「あの、猫姫様……」

声をかけると、それまで鞠に熱中していた猫姫様はビクンと毛を逆立てた。

「にゃ!?　お、おい！　入る時はノックをせんか！」

猫姫様が遊んでいた鞠が足元に転がってきて、すぐさまそれを取り上げる。

「遊んでるってことは、例の解読は全部終わったんですよね？」

遊んでいたところを邪魔されたせいか、猫姫様は不貞腐れたようにどっかりとクッションに腰を下ろした。

「解読じゃとぉ？　……ふん。手土産の一つも持ってこんで要求ばかりしくさりおって。これじゃから人間は好かんのじゃ」

もとはと言えばお前のせいだろ！

けどまぁ、これ以上拗ねられても厄介だし……。

「わかりましたよ。次来る時は猫缶かなにか持ってきますから」

「猫缶じゃとぉ？」

まんざらでもないのか、尻尾がフリフリと左右に揺れている。

「猫缶もよいが、どうせ持ってくるならあれにしろ、あれ」

「あれ？」

「細長い袋に入った液状のおやつじゃ」

こいつ、どこでち〇～るの存在を……。

「……はいはい、買ってきますよ」

「むふふ」

涎をふけ。

「それで？　なにか新たにわかったことはありますか？」

猫姫様はぐしぐしと羽衣(はごろも)で口元の涎を拭(ぬぐ)うと、「うむ」と頷いた。

「正直解読の方は飽(あ)きてしまってまったく進んでおらん」

「おい！」

咄嗟に手に持っていた鞠(まり)を猫姫様の方へぶん投げると、猫姫様はひらりと身をひるがえし、驚(おどろ)くべき瞬発力(しゅんぱつりょく)でそれを叩き返した。

「にゃはは！　そんな覇気(はき)のないへなちょこボールでは、何年経(た)とうがわしは倒(たお)せんぞ！　もっと本気で投げてこんか！」

「ぐぬぬ……。言わせておけば！」

もう一度鞠を拾い上げ、今度は、今までのあれやこれやの憎(にく)しみを全て押し込め、思い切り猫姫様に向かって投げつけた。

だが、渾身(こんしん)の鞠も猫姫様の手にかかれば瞬(またた)く間(ま)に叩き落とされてしまった。

「にゃは！　どうじゃわしの身体能力は！　猫神の力を思い知れ！　そしてわしを敬え！　にゃははは！」

「くっ。なんて押しつけがましい神様なんだ……」

今度は至近距離から投げつけてやろうと鞠を拾い上げると、いつの間にか猫姫様が床(ゆか)に伏(ふ)せ、まるで獲物(えもの)を狙(ねら)う猫のような態勢で尻尾を振(ふ)っていることに気がついた。

「ほれ！　早く次の球をよこさんか！」

「猫姫様……まさか、遊んでほしいんですか？」

「にゃ⁉　そそそ、そんにゃわけ……そんなわけなかろうが！」

「ほーら、猫姫様ぁ。投げますよー」

緩やかな弧を描いて飛んだ鞠に、猫姫様は思い切り飛びつくと、それをバシバシと手でたたき始めた。

「お、おのれぇ！　体が！　体が言うことを聞かぬぅ！」

「本能ですねー」

「このままでは神としての威厳が！」

「神としての威厳？　へぇ、そんなの持ってたんですね。てっきり、この前詐欺に遭った時に捨てたものだと思っていました」

「おのれぇぇ！」

「猫姫様、もう一度鞠を投げてあげますね」

「も、もうよい！　やめい！」

「ほーら」

「にゃはは！　わーいっ！　――ぐっ！　だめじゃ！　もう自分では抑えられん！」

そうして、猫姫様をからかっているだけで一日が終わった。

あれから数日が経ったある日の休日。

人通りの多い駅前のハンバーガーショップで、目の前がガラス張りになっているカウンター席に腰を下ろし、揚げたてのポテトを口内へ放り込んでいた。

ガラスの向こうに見える大通り。左右から絶え間なく人が流れて行き、そこを女性が通るたび、心の声がぽつりぽつりと耳に届いた。

「《お腹減ったなー》」「《この調子なら意外と早く帰れそうかも》」「《眠たい……》」「《晩御飯なににしようかな》」「《だるぅ》」「《今日いい天気だなぁ》」「《お金おろさないと》」「《お昼はハンバーガーでいいや》」「《トイレ行きたい！》」

最初は心の声が聞こえることに罪悪感を覚えたり、その数の多さに目を回したりもしたが、毎日聞いていると、つけっぱなしにしたテレビを見ているような気分になってきて、今では特になにも感じなくなった。

全然知らない人の心の声よりも、知り合いの心の声を聞く方が気を遣うから疲れるんだよなー。……にしても、お腹減ってる人多いな。

俺が休日の真昼間からハンバーガーショップに入り浸り、人間観察のようなことをしているのにはわけがあった。

それこそずばり、異性の心の声を聞く能力の研究のためである。

この読心能力について、ずっと気になっていた二つの疑問がある。まず一つは、この能力の有効範囲だ。

これは基本的に肉声が届く程度の距離と思って間違いないだろう。ちなみに、透過率の低い遮蔽物を隔てた場合、心の声が聞こえづらくなる傾向にある。逆に、透過率の高い遮蔽物であれば、通常通り、心の声はクリアに聞こえてくるというわけだ。

簡単に言えば、普通の壁や扉なんかがあると心の声は聞こえづらく、ガラスや窓なら通常通り聞こえるということだ。

だが、この法則には例外がある。

それは数日前、俺が登校してくるのを、綾乃が玄関扉の向こうで待ち伏せしていた時のことだ。あの時の綾乃の、「《やっと来た！　こうちゃんだ！》」という心の声。あれは玄関扉を隔てた向こう側から鮮明に聞こえていた。

そしてつい先日も、保健室でみずきとあぁだこうだあったあと、扉を閉めたにもかかわらず、みずきの心の声は聞こえてきた。

ここでその理由を説明するために、読心能力の二つ目の疑問点に移るとしよう。

すなわちそれは、心の声の大きさが全てバラバラだということだ。

これは最初、俺に対する好感度が関係しているのではないかと考えていたが、こうして改めて観察してみるとどうやらそうではないらしい。

例えば先ほど聞こえたいくつかの心の声の中では、「《今日いい天気だなぁ》」という心の声が一番小さく、「《トイレ行きたい！》」という心の声が一番大きかった。

他にもわかりやすい例を挙げると、「《服に毛玉できてる……》」「《今朝の占い七位だったなぁ》」「《たんぽぽの季節っていつだっけ？》」という心の声は小さく、「《財布落としたかも！》」「《やった！　コンサートのチケット当たった！》」「《会社やめたった！　ざまぁみろ！》」という心の声は大きかった。

つまり、心の声の大きさは、その人の感情の大きさと比例しているというわけだ。

だからこそ、俺を見つけてテンションが上がった綾乃の心の声や、自分の行いを深く後悔したみずきの心の声は、扉を隔てても鮮明に聞こえてきたのだ。

綾乃さんはいったいどれくらいの間、玄関扉に張りついていたんだろう……。

ま、今日はまずまずの収穫だったし、あとは近くの本屋にでも寄って家に帰るか……。

そう思って席を立とうとすると、コンコン、と目の前のガラスが外側からノックされた。

顔を上げると、そこに天使が立っていた。

否、みずきが立っていた。

「やっほー、幸太っ。こんなところで会うなんて奇遇だねっ。そっち行っていい？」

大きめのハーフパンツとTシャツ。それから簡素なボディバッグをさげている。

みずきとはこれまでもよく学校以外で遊んでいたが、みずきが女であると自覚してから初めて目にする私服に、なぜか少し緊張した。

「おう。となり空いてるぞ」

たった今帰ろうと思っていたところだが、来るというのならやぶさかではない。

みずきは一度かわいらしく手を振ると、ぐるっと回って店内に入って来て、再び目の前に来るともう一度手を振った。

「やっほー」

さっきも聞いたセリフだが、一片の遜色なくかわいらしかった。

「や、やっほー」

真似してみると、みずきは嬉しそうに含み笑いをした。

「ふふふ。やっほーが似合わない人っていているんだね」

すげぇな……人って、ここまでかわいくなれるのかよ……。

みずきはバッグを机に置きながら、

「こんなところでなにしてるの？　一人？」

「あぁ、そうだよ。一人だと悪いか」

「あはは。あいかわらずひねくれてるね」

「みずきはこんなところでなにしてるんだよ。つーか、お前も一人だし」

「へへん。ボクはきちんとした目的があってこの街に来たんだよ」

「その言い方だと俺だけ目的なくここにいるみたいじゃねぇか。クラゲか、俺は」

「クラゲはまだいいよね。かわいげがあって」

「その言い方だと俺にはかわいげがないみたいじゃないか。……まぁ、それは実際ねぇけど。で、結局なにしに来たんだ？」

「ぶらぶらしに！」

「目的皆無（かいむ）じゃねぇか」

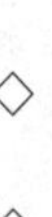

「おまたせ～」

　みずきが持ってきたトレイの上には、ハンバーガー、ポテト、ドリンクがのっている。

「早かったな」

「幸太はなにも食べないの？」

「さっき食ったばっかだし、まだコーラ余ってるから」

「ふ～ん……。あっ、そうだ。どうせこのあと暇なんでしょ？　だったら一緒にカラオケ行こうよっ！　カラオケ！」

「勝手に人を暇人扱いしやがって……ま、いいけど」

「やったぁ！」

　みずきの正体が女だと知ってから、以前とまったく同じように……とはいかないまでも、今でもいい友達関係を築いていた。

　みずきが自分の正体を隠していたとしても、俺だって心の声が聞こえることを隠さなくちゃいけないし、お互い様だよな。

　それに、やっぱりみずきはいい奴だし、一緒にいて楽しいし、俺の一番の友達だ。

「そういやぁ、最近は大丈夫か？」

　みずきはハンバーガーにかぶりつきながら、

「なにが？」

「ほら……お前、この間隠し撮りとかされてただろ？」

「あ〜。う〜ん……。まぁ大丈夫じゃない？　あれからなにもないし。なに？　心配してくれてるの？」

「まぁ……少しは……」

「幸太、ボクのこと、そんなに大切に思ってくれてるんだね……」

「そりゃあ……友達だからな」

「うぅ……。幸太、ボクはもう、感動で泣きそうだよ……。だからそんなボクを助けると思って、一つお願いを聞いてほしいんだ」

「お願い？　なんだ？」

「放送当番を代わってください」

「断る」

「ひどっ！　ボクたち友達じゃなかったの⁉」

「友達に放送当番を押しつけようとするな。あれ昼休みと放課後、二回もやるんだろ？　めちゃくちゃめんどくさいじゃん」

「うぅ……。そうなんだよぉ……。しかも、最近は毎回少しずつ原稿の内容が違っててさ、ボク、この頃放送室で一人でお昼ご飯食べながら必死で覚えてるんだよ……」

「かわいそうに……」

落ち込んでいたみずきは、ガラスの向こうを見るとパッと目を見開き、いじわるそうな笑みをこちらに向けてきた。

「ねぇねぇ、あそこにいる子、見える？　幸太、あぁいう子が好きって前言ってたよね？」

「ん？　どれ？」

「あの信号待ちしてる子」

「あの大学生風の？　……いや、背中向けてて顔見えねぇじゃねぇか」

「いやいや、下は見えるでしょ？」

「下？」

「いつか言ってたよね？『俺はストッキングが好きなんだぁ』って」

なにぶっちゃけてんだよ、昔の俺！

「……い、いやぁ、今はそれほどでもないかなぁ」

「え？　そうなの？　でも幸太、『俺、ストッキングがあればご飯三杯はいける』って言ってたじゃん！」

「い、言ってたかなぁ？」

くっ！　一年生の頃、俺はみずきを男だと思ってたから、女子に話さないようなことまでべらべら喋っちまってる！

「短パンにストッキングがくるんだよねっ！」

やめろっ！

こ、これ以上俺の性癖を掘り返される前に手を打たねば……。

ふと、みずきのバッグについていたクマのストラップが目に入った。

「あ、あれぇ？　みずき、そのストラップどうしたんだぁ？」

適当に話を逸らすために話題を振っただけだが、みずきは予想以上に目を輝かせた。

「これ、さっきガチャガチャで手に入れたんだっ！　めちゃくちゃかわいいでしょっ！」

みずきはクマのストラップをバッグから外すと、「よく見てっ！」と俺に手渡した。

普通のクマのストラップだな……。かわいいっちゃかわいいけど……。

みずきが不安そうな顔で、

「……あれ？　もしかして……かわいくなかったかな？」

こてん。

「かわいい」

「だよね！」

せてしまった。

　みずきの笑顔を心のカメラで撮影し、ストラップを返そうとした時、うっかり手を滑ら
　コツン、と軽い音を立てて、ストラップが床に落ちる。

「うわっ！　悪い、落とした！」

「あら」

　慌ててストラップを拾おうと手を伸ばすと、みずきも同じように手を伸ばしていて、俺たちの手がストラップのやや上空でわずかに接触した。

　わっ、と思わず手を戻すと、それと同時にみずきも手を引っ込めた。

「……えっと……わ、悪い」

「う、ううん。こちらこそ……」

　いくらみずきが仲のいい友達で、一年生の頃からずっと一緒に遊んでいるからといって、その正体が女だと知った以上、気をつけていてもどうしても意識してしまう瞬間がある。

　改めて俺がストラップを拾い、みずきに手渡した。

「すまん……。傷とかついてないか？」

「大丈夫だよ。高い物でもないし……」

「そうか……」

お互い目を背けるように、ガラスの向こうに見える人だかりに視線を移した。

「《うぅ……。やっぱりあの保健室での一件以来、体が触れるとどうしても過剰に反応しちゃうなぁ……。今まではもっと自然にふるまえてたのに……》」

一応みずきの正体に気づいていないフリは続けているが、たまに今みたいなことが起こり、どこか気まずい瞬間が生まれてしまう。

みずきは女だってバレたら転校させられるとか言ってたけど、本当にこんな状態で卒業までいけるんだろうか……。

そんなことを考えていると、突然、俺とみずきの間に女性の声が割って入った。

「ちょっといいですか？」

俺とみずきは、「わっ！」と同時に仰け反り、声のした方を確認した。すると、そこにはなぜか、俺たちの担任の雨宮先生が、不機嫌そうな顔で立っていてこちらを睨んでいた。

「雨宮先生？　こんなところでなにしてるんですか？」

「いえ、少しあてもなく街をぶらぶらしてここで休憩していたところ、偶然あなたたちを見かけたので声をかけました《本当は、今日一日ずっとみずきお嬢様を見守っていたんですけどね》」

……は？　みずきお嬢様？

みずきの方に視線を向けると、ぽかんと口を開けて目を丸くしている。

「《どうしたんだろう、百合さん……。今日はずっと家で休むって言ってたのに……》」

百合って、雨宮先生の下の名前だよな？　しかも今の口ぶり、まるで今日会ってたみたいじゃないか。なんだ？　二人はプライベートで繋がりがあるのか？　でも、俺がそれを聞かされてないってことは、秘密にしてるってことだよな？　いったいどうして……？

雨宮先生は、キッと俺を睨みつけると、

「《お嬢様がお出かけなさると言ったからこっそりついてきてみれば、また二武君ですか……。峰淵高校に入学してからというもの、西園寺家に仕えるメイドである私を差し置いて、お嬢様は二武君と遊んでばかり……》」

メイド？　そう言えば、みずきが男のフリして学校に通ってるのは家のしきたりだ、とかなんとか言ってたけど、もしかして、みずきって結構いいとこのお嬢様なのか？

雨宮先生は、淡々とした口調で続ける。

「さっきから向こうの席に座ってお二人の様子を見ていたんですけど、随分仲がいいんですね《私だってみずきお嬢様と一緒に遊びたいのに！》」

もしかして、雨宮先生がたまに俺にだけ冷たく当たるのって、みずきとよく一緒にいる俺に嫉妬してるからなのか？　だったらマジで迷惑なんですけど……。

「……まぁ、一年の頃からのつき合いですからね。ところで、先生はどうして、休みの日だっていうのにスーツを着てるんですか？」

「それは……最近保護者からのクレームが多いので……一応、学校の近くにいる時は休みの日でもきちんとした格好をしているんです……。この前も、学校の廊下でスマホを見ていただけでクレームが……」

　この人も苦労してるんだなぁ……。

　きっと、俺がみずきと楽しそうに遊んでいるのを見かねて邪魔しに来たんだろう。

ならばここは抵抗せず、素直に先生に邪魔させた方が楽そうだな。

「先生も一緒にハンバーガーでも食べますか？」

「いえ、結構です」

「……え？　そう、ですか……？」

　あれ？　おかしいな。ここは絶対のってくると思ったけど……。

　雨宮先生は、「それよりも――」と、みずきにそっとなにかを耳打ちした。

　すると、みずきの顔色がみるみる青ざめていき、突然焦ったように声を上げた。

「そ、そんなこと絶対ないもん！　《『二武君に女だとバレてるんじゃないですか？』》、だなんて、百合さん、どうしてそんなことを……。ま、まぁ、おっぱいは揉まれたことあるけど……。あれは絶対ごまかせたはずだもん！》」

その自信はどこから湧いてくるんだ。

というよりも……まずいぞ。どうして雨宮先生がそんなこと言ってくるんだ？　まさか、あの保健室での一件をどこかから見ていたのか？

雨宮先生の目を見ると、いつもの気怠そうな瞳の奥に、まるで獲物を狙うハンターのような鋭い光が見えた。

「《数日前にあった体育の授業以来、二武君のお嬢様に接する態度が明らかに変化しています。並んで歩けば若干距離が空き、満員電車で一緒になった時には必ず間に鞄を挟むようになり、これまでは度々休み時間にみずきお嬢様をトイレに誘っていたのに、それが完全になくなった。そして先ほどの、みずきお嬢様と肌が接触した時の反応。あの手の引き方、表情の強張らせ方は、相手を異性だと意識している時に生じる反応とよく似ていました。もしも二武君がみずきお嬢様の正体に気づいているのであれば、みずきお嬢様には即刻転校していただかなければ》」

全部見抜かれてるし……。

みずきは焦りに満ちた表情で、かりっと爪を噛んだ。

「《どうしよう……。幸太は絶対にボクの正体に気づいてないのに、このままだと百合さんの勘違いで転校させられちゃう……。なんとか誤解を解かないと……。そうだ！》」

　みずきはトレイの上に置いてあったポテトを一つ摘まみ上げると、高揚した顔でそれを見せつけた。

「ね、ねぇ、幸太！　『ポテトゲーム』って、知ってる？」

「ポテトゲーム？　なんだそりゃ？」

「二人でポテトの端と端を咥えて少しずつ食べ進めて、どこまで近づけるかを競うゲームだよ！《ふふふ。顔を至近距離まで近づけなければいけないこのゲームをして、もしも幸太が、本当にボクのことを女だと認識していたら、必ず反応におかしなところが現れるはず！　その反応がなければ、ボクの正体が幸太にバレてないって百合さんも納得してくれるに違いない！》」

「へぇ、なるほど。答えはノーだ！」

「即答しないでよ！　まだなにも聞いてないでしょ！」

「うるせぇ！」

「ねぇ、幸太！　ボクとポテトゲームやろうよ！」

「やるわけねぇだろ！」

　こいつはどこまで馬鹿なんだ……。ポテトゲームとか以前に、男同士でそんな話のってくるやついねぇだろ……。だいたい、もしも俺がそんなゲームにのれば、雨宮先生がすぐに止めるはず――

　雨宮先生は、ダラダラと汗を垂らしながら、

「《こ、こんなハレンチな提案、みずきお嬢様の保護者役である私が一刻も早く止めないと！　……で、でも、もしもそのポテトゲームとやらで、二武君がなにかしらのボロを出し、みずきお嬢様の正体が女であると知っていることが明るみに出れば、みずきお嬢様を転校させる口実ができる……。そうなれば、お嬢様は今通っている峰淵高校を転校し、聖白妙女学院に通うことに……。そしてその聖白妙女学院では、生徒一人につきメイド一人が常につき従うことが義務づけられている！　つまり！　一年中！　ずっとお嬢様と一緒にいられるということ！　このチャンス、逃すわけにはいきません！》」

　雨宮先生は鋭い視線を俺に向けると、

「実に楽しそうな提案だと思いますが、二武君はその提案を断固拒否するんですか？」

「そ、そりゃあ……」

「それはどうしてですか！　なにか特別な理由があるんですか！」

「い、いや、そんな……」

「どうなんですか！　はっきりと言葉にしてください！　《とにかく、ここ最近の仕草か

ら、二武君がみずきお嬢様の正体に気づいている可能性はかなり高い！　であればさっさと胸のうちを告白し、みずきお嬢様を転校させるための礎となるのです！》」

なんて欲望に忠実な人なんだ……。

さらに、みずきも持っていたポテトをぐいっと近づけて、

「さぁ！　幸太！　やろう！　ポテトゲーム！　《百合さんの勘違いで転校させられたりしたら、絶対やだもん！》」

勘違いじゃないんだなぁ、これが……。

でも、たしかにこのまま雨宮先生に疑われながら学校に通うのは面倒だな……。このポテトゲームとかいうのを逆に利用して、俺がまったくみずきに反応しなければ、雨宮先生の疑いを少しは軽減させることができるんじゃないか？

このまま疑われ続けていたら、いつかそのうち本当にボロが出て、みずきの正体を知ってることが伝わってしまうかもしれないし……。そうなればみずきは転校……。

俺はみずきが持っているポテトと、みずきの懇願するような顔とを見比べ、はぁ、と深いため息をついた。

「わかったよ……。やるよ……。ただし、今回だけだからな」

「ほんと⁉　やったぁ！」

「それと、最初に言っとくけど、適当なところでやめるからな」

「うん！　もちろん！　だって、本当にちゅーなんかしちゃったら大変だもんね！」

その言葉を発した瞬間、みずきはどんどん顔を赤く染め始めた。

「《そそそ、そうだ！　軽はずみにポテトゲームとか言っちゃったけど、これって下手すれば……その……幸太とちゅーしちゃうってことだよね!?》」

「えっと……じゃ、じゃあ……始めるね？　《うぅ！　もう今更あとに引けないよぉ！》」

急に意識するのやめて！　俺も恥ずかしくなってくるから！

「……お、おう」

みずきは手に持っていたポテトをそっと咥えると、首を少しだけこちらに突き出した。

どうしてこんな馬鹿げたことをする羽目になったんだっけ……。

まぁいい。ここは無理やりやらされてる感を出しつつ、気怠そうにポテトを咥えればそれらしく見えるはずだ。うまくいけば雨宮先生の目を欺ける。

あー、と口を開け、みずきが咥えているポテトを口に含もうとするが、直前でみずきと目が合うと、ピタリと体が止まってしまった。

「《うわぁ！　なんかこれめちゃくちゃ恥ずかしいんですけど！　相手は幸太！　ただの友達！　変な雰囲気になっちゃいけないのに！　うぅ、足が震えてきちゃったぁ！》」

やりづれぇわ！

横で、雨宮先生が若干呼吸を乱しながらその様子を眺めている。

「《ふふふ。ポテトゲームなんて、どうせみずきお嬢様ご自身が途中で恥ずかしくなってリタイアするに決まってます。ですがここはあえて止めず、みずきお嬢様の貴重な恥じらい顔を楽しみましょう！　あぁ、なんてかわいらしいんでしょうか！　店員さぁん！　これテイクアウトでお願いしまぁす！》」

ちくしょう！　俺のこと見てすらいねぇ！　疑いはどうした疑いは！

もういい……。今のみずきを説得できる気もしないし、さっさとポテトを一齧りして適当に終わらせるか……。

改めて口を開き、みずきが咥えているポテトに向かうと、みずきはぎゅっと目を瞑り、頬を赤く染め、ふるふると小さく肩を震わせた。

「《も、もう！　幸太がぐずぐずしてるから、なんかちゅーされるの待ってるみたいな気分になってきた！　恥ずかしすぎて幸太の顔見れないよ！》」

ぐっ！　なんだこのめちゃくちゃかわいい生命体は！　や、やばっ！　俺もなんか顔赤くなってきたかも！　今は雨宮先生がみずきに夢中になってるからいいけど、このままここでじっとして、さらに顔まで赤くしてるところを見られたらまずい！

「《あわわわわ！　早くしてよ幸太！　これ以上は耐えられないよ！》」

大丈夫！　これは決してちゅーではない！　ただ、みずきが咥えているポテトを、同じように咥える！　それだけだ！　余計なことは考えるな！

よ、よし！　いくぞ！

そして、みずきのポテトを咥えようとした瞬間、どこからやってきたのかその背後に、指先までピンと伸ばし、全力疾走で駆け寄ってくる綾乃の姿を見つけた。

綾乃⁉　どうしてここに⁉　つーか足はっや！

綾乃は俺たちのもとにたどりつくや否や、みずきが咥えていたポテトを目にも留まらぬ速さで分捕り、ぜいぜいと息を整えながらこちらを睨みつけ、途切れ途切れで言葉を漏らす。

「……た、たとえ遊びで、軽はずみな気持ちであったとしても、そういうハレンチな行為を公共の場でするのはどうかと思うのだけれど」

「す、すいません……。てか、綾乃、どっから来たんだよ……」

よく見ると綾乃の表情には陰りがあり、ややうつむきがちで元気がない。

「……別に、こうちゃんがどんな彼女を作ろうと、それは個人の問題だと思うけれど……」

あれ？　なんか、普通にこうちゃんって呼ばれてる……。それに綾乃のやつ、なんか声が震えてるような……。あと、彼女ってなに？

「で、でもね、やっぱり……節度を持ったおつき合いが大切だと思うし……せめて……もう少し見えないところでやってほしいというか……**《まさかこうちゃんに彼女がいただなんて！　でも、そうだよね……こうちゃん、かっこいいもんね……。私なんかが今更……遅(おそ)いよね》**」

　ぐっ⁉　ま、また例の頭痛が！

「ま、待て、綾乃！　お前、勘違いしてるぞ！」

綾乃の目には、うっすらと涙(なみだ)が溜(た)まっている。

「……へ？　勘違い？」

「ほら、よく見ろ！　そいつは彼女じゃない！　みずきだ！」

「みずき……？」

「そう！　男友達の！　教室で俺の前の席に座ってる西園寺みずきだ！」

　咥えていたポテトを乱暴に奪(うば)われたみずきは、あからさまに綾乃のことを怖(こわ)がってはいるが、それでも懸命(けんめい)に、やぁ、と手を上げた。

「こ、こんにちは、夢見ヶ崎(ゆめみがさき)さん」

「……西園寺君？　……あれ？」

綾乃はみるみる顔を真っ赤に染め、その心の声が堰を切ったように流れ出した。

「《てことは、彼女じゃない!? だ、だ、だって、向かいの道からこうちゃんの姿が見えてラッキー、なんて思って近づいたら、ポテト咥えた人といちゃいちゃしてるんだもん！ て、てっきり彼女とデートしてると思うじゃない！ ……ん？》」

綾乃は俺とみずきを交互に見比べると、

「じゃあ、二人はどうしてあんなことしてたの？」

「そ、それはだな……えーっと……ちょっと、遊んでただけだよ」

「もう少しマシな遊びを見つけた方がいいと思うのだけれど……」

そのマジでドン引きした表情やめて！

すっかりなりをひそめていた雨宮先生が、ちょんちょんと綾乃の肩をつついた。

「あの、夢見ケ崎さん」

「わっ！ 先生、いたんですか！」

「ええ、いました。……それでその……それ、邪魔ですよね？」

「え？ このポテトですか？」

「すっかり冷めきっちゃってますし、食べてもおいしくないと思うので、私が捨てておきます。なので渡してもらえますか？」

「じゃ、じゃあ……お願いします」

「はい。任せてください《ふふふ！　みずきお嬢様が咥えていたポテト！　これは思わぬ収穫です！　あとで隠れてたっぷり愛でなければ！》」

結論、雨宮先生はヤバい。

帰宅途中。

綾乃は用事があると言って街へ行き、みずきは疲れたからと家に帰り、雨宮先生はいつの間にかポテトと一緒にいなくなっていた。

雨宮先生は俺がみずきの正体に気づいてるって疑ってたみたいだけど、あの分だとごまかすのは難しくなさそうだな。最後の方は俺のこと見てすらいなかったし……。たぶん、みずきがいればそれで満足なんだろう。

ちょうど自宅前まで続いている通りに出ると、視界の先に、見慣れない黒塗りの車が停車しているのが目に留まった。

この辺りに車が停まってるなんて珍しいな……。それにあそこって、綾乃の家の前じゃないか？

よく見れば、その車のすぐ近く、綾乃の家の前で二人の女性がなにやら揉めているようだった。近づくに従い、そのうちの一人、黒いスーツを着て、紫色の縁の眼鏡をかけている女性の声が鮮明に聞こえてくる。

「先生！　ここまで来て帰るとか言わないでくださいよ！」

そしてもう一人の方、『先生』と呼ばれた、薄手のニットにロングスカートをはいた女性が、ぼそぼそと小声で反論する。

「……そ、そんなこと言われても……。や、やっぱり……あれですし……その……」

「先生、さっきは綾乃に会ってくれるって言ったじゃないですか！」

「だ、だって……やっぱり……怖いんだもん……」

「だもん、じゃないでしょ！　自分の娘なんだから！　もっとしっかりしてくださいよ！」

「うぅ……」

綾乃？　それに自分の娘って……。

その口論している二人の横を過ぎる際、『先生』の方と目が合った。

どこか頼りないが、切れ長で、綺麗な二重をした目。クセのないさらっと伸びた長い黒髪。見覚えのあるその顔に、俺は思わず言葉を漏らした。

「もしかして……花江さん？」

「……え？」

急に話しかけてきた俺を訝しく思ったのか、紫色の眼鏡をかけた方が「君は？」と間に割って入った。

「えっと……そこのとなりに住んでる二武幸太です。……あの、花江さんですよね？　綾乃のお母さんの……」

そう言うと、花江さんはぎょっと目を丸くした。

「も、もしかしてこうちゃん⁉」

「はい。お久しぶりです」

「おっきくなったわねぇ！　綾乃と同い年だから、今高校二年生？」

「まぁ、一応。……花江さん、全然年取ってないですね……若々しいというか……」

子供っぽいというか……。

「もう、こうちゃんったら！　褒めてもなにも出ないわよ！」

親戚のおばさん感がすごい……。まぁ、花江さんは母さんの友人で、昔は親戚みたいなつき合いしてたけど……。

「花江さん、もしかして綾乃に会いに来たんですか？」

そう聞くと、花江さんはさっと目を逸らした。

「……いえ、違うわ……ここにはたまたま来ただけで……もう帰るから……」

すると、紫色の眼鏡の女性が声を荒らげた。

「先生！」

「うっ！　そ、そんな大きな声上げられても……嫌なものは嫌なんだもん……」

そうして、花江さんは逃げるように、近くに停めてあった黒塗りの車の扉を開いた。

その時、いつか聞いた綾乃の言葉と、あの寂しそうな表情を思い出した。

『家を出てから一度もないわ。電話も、メールもね……《たったの一度も、ね……》』

綾乃、絶対花江さんに会いたがってたよな……。だったら……。

「ちょっと待ってください！　もうすぐ綾乃も帰ってくるはずなんで、少しでいいんで会ってやってくれませんか！」

花江さんは車の扉を開いたまま固まると、なにも言わず、悲しそうに目を細めた。

「《……私にはもう……そんな資格なんてないもの……》」

バタンと扉が閉まり、花江さんは車の中で顔を伏せ、そのままもう一言も発しなかった。

綾乃の話によれば、花江さんは小説のために家族を捨てたらしい。花江さんにとって、自分の家族が小説にどう影響を及ぼすのかなんて、俺には到底わからない。

けれど、綾乃の近くにいる俺には、その選択が間違っているということだけははっきりとわかる。

花江さんが車にこもると、残された眼鏡の方がガシガシと腹立たしそうに頭をかいた。

「綾乃、家にいないのね。事前にアポを取る時間さえあれば……。……でも、これ以上は先生を拘束しておけないし、今日はもう諦めるしかないわね……。ったく。このままじゃ、綾乃がだめになるかもしれないっていうのに……」

綾乃がだめに……？

「あの、それ、どういう意味ですか？」

「……いや、あなたには関係のないことだから。今のは聞かなかったことにしてちょうだい。特に、綾乃には言っちゃだめよ《独り言言う癖、直さなきゃいけないわね》」

そう言い残すと、女性は運転席に乗り込み、そのままゆっくりと車を発進させた。

一人残された俺は、小さくなっていく車を見守ることしかできなかった。

第四章『まずはトークショーにご参加ください。参加費はもちろん無料！』

翌日。

今日も昨日と同じく休日で、昼間からビニール袋を引っさげて神楽猫神社にやってきた。

境内では、いつも通り猫たちが自由気ままに遊びまわっている。普段は寝ている猫姫様も今日は珍しく起きていて、境内に集まった一部の猫たちにぐるっと囲まれていた。

猫姫様は手のひらにのせた小銭を数えながら、周りにいる猫たちに向かってなにやら話しかけている。

「五十三円か……まずまずじゃな。よし。では次は隣町の自販機の下を探ってくるのじゃ！　きっと三十円は見つかるはずじゃ！」

「「にゃー！」」

あんた猫たちになんてことさせてるんだ……。

「ちょっと猫姫様、落ちてる小銭を猫に拾わせるのはやめてください。かわいそうです」

「むむ？　なんじゃ幸太か。しかたなかろう。最近は賽銭箱に金を入れる人間の数も減っ

[illegible]たちの[illegible]分たちで調達する。それが今の世の中を生き抜く術じゃ」

「だから、猫が小銭を咥えて走り回ってたら目立ちますよ」

「心配無用じゃ。この者たちはわしが直々に訓練した猫共じゃ。人間に見つからんように行動するなど容易いこと。それに見つかったとしても愛嬌でなんとかなるわい。お前が食べたあの飴玉も、こやつらが見つけてきた金で買ったものなんじゃぞ？」

え？　神様通販の通貨って日本円なの？

「へぇ。それで、いくらだったんですか、あれ？」

「五十円じゃ」

「安っ！」

うわぁ、なんかショック。五十円の飴玉のせいでこんな面倒くさいことになってんの？

集まっていた猫たちは街へ散開したが、足元には一匹、白夜だけがその場に留まった。

それを見た猫姫様が眉をひそめる。

「む？　なんじゃ、白夜よ。お前は行かんのか？」

「にゃー」

「なぬ？　幸太と一緒にいたいからあとで行くじゃと？　お前は変わっとるなぁ。こんな人間のどこがいいんじゃ」

ほっとけ。

白夜の頭を撫でると、白夜はゴロンと地面に転がったので、その無防備になったお腹をわしゃわしゃと撫でてやった。

「おーおー、白夜。お前は本当にかわいい奴だなぁ。どこかの神様と違って」

「わしのことではなかろうな？」

猫姫様は無視して、買ってきた品をビニール袋から取り出した。

「さぁ、白夜。お前にち〇～るをやろう」

「にゃーー！」

それを見た猫姫様は、厚かましくも、俺が持っているビニール袋の中にガサゴソと手を突っ込んだ。

「わしの分はどこじゃ？」

「[illegible]から、引っ張らないでください……」

猫姫様は俺か[illegible]〇～るを奪うと、それを満足そうに舐め、にんまりと目を細めた。

「おお～。街の猫共が噂しておったただけのことはある。これはクセになるうまさじゃ～」

「あ、そ[illegible]姫様、ちょっと聞きたいことがあるんですけど」

「な[illegible]～？[illegible]どんな質問にでも答えてやるぞ～」

どうして今だけなんだよ。いつでも答えろよ。

「俺が食べたあの飴玉って『嫉妬の神』が作ったんですよね？　だったらその『嫉妬の神』に、飴玉の効力を消す薬かなにかをつくらせることはできないんですか？」

「あ～……。まぁ、あやつがその気になれば当然できるじゃろうが、あまり期待せん方がよいぞ？」

「どうしてですか？」

「もしもあやつに、飴玉の効果を打ち消す薬を作れ、などと言うたら、その場で腹を抱えて笑い出し、お前が死ぬのを毎日楽しみにするだけじゃ」

「ひどい……」

「それに『嫉妬の神』は性格こそ最悪じゃが、神具を作る能力は誰よりも長けておって、あやつが作った神具の効果を打ち消すことなど他の者にはできんしな」

「ひどい……」

猫姫様は一頻り ち〇～るを堪能すると、思い出したように言った。

「おっ、そうじゃった。あの取り扱い説明書に書かれておった注意事項を、また新たに解読したぞ。これで大きな項目は全て解読完了じゃ」

「ほんとですか!?　そ、それで、なんて書いてあったんですか!?」

「注意事項その五、『愛の告白をされる際、約十秒前からカウントダウンが行われる』、じゃ」

「……カウントダウン？　どういうことですか？」

「つまりじゃな、どのような状況であれ、突然告白されて死ぬ、なんてことにはならんということじゃ。万一お前が告白される時は、必ずその十秒前からカウントダウンが行われ、その数字がゼロになったら告白される、ということじゃ」

「それは……つまり、その十秒の間にこちらでなにか手を打てば、告白を未然に防げるということですか？」

「うむ。そういうことじゃ。じゃがまぁ、正確に言えば十秒ではなく、約十秒じゃな。この数字のカウントダウンには、カウントダウンが表示されておる奴の精神状態が加味されるらしい。まぁ、言うても雀の涙ほどの差じゃろうがな」

「なるほど。でもそれは今までにない、延命するのに一番役立つ情報ですね。けど『嫉妬の神』は、どうしてわざわざ使用者を延命させるカウントダウンなんて作ったんでしょうか……」

「……例えば、お前が街を歩いておって、不意に後ろから銃で頭を打たれて即死したとする。そうすると死に際、お前はなにを感じる？」

「なにを感じるって聞かれても……後ろから頭を打たれて即死したんですよね？　だったら感じるもなにもないと思いますけど……」

「その通りじゃ。じゃが、それが正面から、しかも、やや離れた場所でお前に向かって銃を構えとる奴がおったとすればどうじゃ？」

「……それは……怖いですね。すごく」

「うむ。つまりじゃ、『嫉妬の神』は飴玉の使用者に対し、死に際の恐怖を味わわせるため、その死に際に十秒というカウントダウンを設けたのじゃ」

「………な、なんて惨いことを……」

「ちなみに異性の心の声が聞こえる、というのも、使用者に苦痛を与える一環じゃぞ。他人の心の声を長期間聞いておれば、その能力を保持しておる人間は次第に精神を病んでいくからのぉ」

「え？　じゃあ俺、ヤバくないですか……？」

「大丈夫じゃ。そのためにわしや白夜がおる。お前はわしと会話したり、白夜の腹を撫でるたび、神の加護を授かり、精神が浄化されるんじゃ」

「なっ⁉　ま、まさか、猫姫様と白夜にそんな効能が⁉」

「ふはは。わしらは存外癒し系なのじゃ」

「癒し系……」

「まぁ、そこら辺におる野良猫を撫でても同じ効果を得られるがな」

「野良猫がすごいのか……猫姫様たちがそうでもないのか……悩みどころですね」

「時々ならわしの頭を撫でることを許してやらんでもないぞ？」

「あ、結構です」

「なぬ⁉　わしはこう見えてもこの街一番のもふもふじゃぞ⁉」

「大丈夫です。白夜で間に合ってます」

「ぐぬぬ……。白夜めぇ……」

猫姫様に睨まれると、白夜は慌てて俺の陰に隠れた。

「白夜にあたるのはやめてください」

話も終わり、「それじゃあ、猫姫様。また今度」とその場を去ろうとした時、それまでの雰囲気とは打って変わって、猫姫様は神妙な口調で俺を呼び止めた。

「のぉ、幸太よ」

「はい？　なんですか？」

「嫌な予感がする」

「嫌な予感……ですか？」

「うむ。わしの勘はよくあたる。努々、気を抜かんようにな」

「……わ、わかりました」

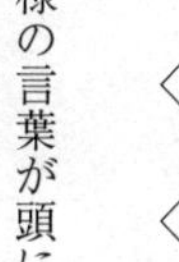

猫姫様の言葉が頭に引っかかりながらも、夕焼けに染まった街をトボトボと歩き、家にたどり着いた。

猫姫様……なんかいつもと違って真剣だったな。

嫌な予感がするって言ってたけど、どういうことだろう……。

思い悩みながら玄関扉を開くと、目の前にはなぜだか綾乃がいて、「あら、おかえり」とそしらぬ様子で迎えてきた。

その実、綾乃の心の声がドバドバと流れてくる。

「《こうちゃん、やっと帰ってきた！　よ、よぉし！　再子さんからようやく届いたサイン会の整理券、一番にこうちゃんに渡すんだから！》」

まさか、猫姫様が言ってた嫌な予感ってこのことか……？

「……ただいま」

　綾乃は白地のカットソーに、普段の印象からはほど遠い、かわいらしいフリルのついたミニスカートをはいている。

　しかも、ストッキングまで。

　くっ！　綾乃め！　猫姫様に忠告されたばかりの俺を誘惑する気か！

「幸太？　さっきから床ばかり見てどうしたの？」

「へ!?　み、見てない見てない！」

「そう？　でも、じっと下の方見てたけど……《床の他にはマットと……私の足くらいしか――》」

「あっ！　やっぱり見てた！　めっちゃ床見てた！　いやぁ、いつ見ても我が家のフローリングは素晴らしいな！」

「……そう？　ちょっとよくわかんないけど……」

　あぶねぇ……。さすがはストッキングだぜ。俺の意志に反してガン見してしまった……。

「今日も晩飯食ってくか？　あとでカレー作るけど」

「うん。ありがとう……《サイン会に来てって言わなくちゃ！　で、でも……なんか……恥ずかしい！》」

　ウブか。

どうして晩御飯の誘いにはすぐにのってくるくせに、サイン会に俺を誘うのを恥ずかしがるんだよ。

「《うぅー！　昔からずっと、最初のサインはこうちゃんにあげるんだって思ってたから、余計に意識しちゃって恥ずかしくなっちゃう！　……ど、どうにかしてこうちゃんからサイン会の話をごく自然に引き出せないかな……。そしたら話の流れで誘えるかも……》」

なんて消極的な作戦なんだ……。

綾乃はコホン、と咳払いすると、わざとらしく話し出した。

「ええ〜っと……ねぇ、幸太」

「……なんだよ」

「幸太は子供の頃、自由帳とかに自分の名前をかっこよく書いたりしてたわよね？」

話題の振り方が不自然すぎる。

「あー……。あったなぁ、そんなこと」

「そういう行為って、なんて言うんだったかしら？」

サイン、って言わせようとしてるのか？　ストレートすぎるだろ。

猫姫様に釘刺されてるし、ここは適当に話題を逸らすか……。

「……中二病？」

「そうそれそれ、中二病《わーん！　違うのにぃ！》」

「……まぁ、昔の話だからなぁ」

「今はもう書いてないのかしら？」

「書くわけないだろ」

「……そう《こうちゃんのサインかっこよかったから、あの自由帳まだ大事に取ってるのに……》」

捨ててくれ、俺の黒歴史！

結局綾乃はサイン会の話題を出せず、そのましょんぼりとリビングへ消えて行った。

哀愁漂う綾乃の背中をじっと見つめながら、猫姫様からの忠告を思い出す。

う～ん……。どうしよう……。

◇　◇　◇

「ごちそうさまでした！」

結奈の号令に従い、俺と綾乃も「ごちそうさまでした」と手を合わせる。

結奈が台所に行くと、綾乃は満足そうに、

「《こうちゃんの作ったカレー、おいしかったなぁ。ふふふ。なんかこういうの、新婚生活みたいで楽しいなぁ》」

妄想がいろいろすっ飛ばしてるな……。

綾乃は一転、悔しそうな目をじろりと俺に向けると、

「《でも、どうにか食事中にサイン会の話がしたかったのに、全然だめだった……。今日はもう諦めて、また今度にしようかな……。でも、サイン会までもう日がないし……》」

そのまま諦めてくれれば断る罪悪感に苛まれることもないけど……正直綾乃のサイン会には行ってやりたい。

だけどそうすると、猫姫様の忠告を無視することにもなるし……また明日、学校帰りに神社に行って相談してみるか。

そんなことを考えていると、昨日、綾乃の家の前で花江さんを見たことを思い出した。

あのこと、綾乃に話した方がいいよな。前に綾乃の心の声を聞いた時、花江さんから一度も連絡がないことを気にしてたみたいだし……。……でも、家の前で引き返したって言ったら、やっぱり傷つくか？　う～ん……。

「なによ」

「……え？」

「さっきからじろじろ見て」

「あー……えっと……実は………この前、花江さんを見たんだ。綾乃の家の前で」

綾乃は表情こそ大きく変えなかったが、ピクリと眉を動かした。

「……ふーん。それで？」

「いや、なんか……すぐに帰っちゃって、全然話とかはしてないんだ」

「そう《私とは一度も会ってくれないのに、こうちゃんとは会ったんだ……》」

会ってくれない？　この前、花江さんから一度も連絡はないって言ってたけど、もしかして綾乃の方からはしてるのか？

綾乃は苛立ったようにトントンと指で机を叩き始めた。

綾乃、昔からイライラしたらこうやってペンで机叩いたりしてたっけ。こういうところは全然変わってないなぁ……。

そう言えば花江さんに会った時、一緒にいた女の人が変なこと言ってたな……。

このままじゃ、綾乃がだめになるかもしれない、とかなんとか。

あれって結局どういう意味だったんだ？

綾乃の指がピタリと止まると、

「《あっ！　そうだ！　この流れでこうちゃんをサイン会に誘っちゃおう！　あの人とは

サイン会で会えるしぃ、とか言ったあとに、あぁそうそう、そう言えばサイン会の整理券届いたんだよねぇ、みたいな感じで！》」

うっ。墓穴（ぼけつ）を掘（ほ）ってしまった……。

断った方がいいんだろうけど……でも……。

綾乃はさっそく、たった今心の声で聞こえてきたことを復唱した。

「ででで、でもまぁ、どうせあの人とはサイン会で会えるし――」

わざとらしい上にめっちゃ声が裏返ってる……。

「――って、あっ、サ、サイン会と言えば――」

と、綾乃の棒読みがそこまで続いた時、さっきから台所でガチャガチャやっていた結奈がこちらに飛び込んできた。

「お兄ちゃん！　緊急（きんきゅう）事態だよ！　緊急事態！」

言葉を遮（さえぎ）られた綾乃が、涙目で結奈を睨（にら）んでいる。

ほんと、かわいそうな奴だなぁ……。

「……緊急事態？　どういうことだ？」

「食後のおやつが一つもないよ！」

「は？　んなわけねぇだろ。一昨日（おととい）俺（おれ）が買い足したばっかだぞ」

「お兄ちゃん、一昨日のおやつが今日まで生き残ってるわけないでしょう？」

「……お前……根絶やしにしたのか」

「というわけで、お兄ちゃん今から買って来てよ！」

「え!?」

夜。近くのコンビニからの帰り道。

春になって少しずつ暖かくなってはいるが、夜となるとそれなりに冷え込んだ。

おかしい……。どうして俺が買いに行かなくちゃいけないんだ……。

結奈から頼まれたおやつが入ったビニール袋を片手に、後方を振り返った。

「おーい、綾乃。早く帰ろうぜー」

街灯に照らされた住宅街の真っただ中で、綾乃がとぼとぼと近づいてくる。

「そんなに急がなくてもいいじゃない。ゆっくり帰りましょう《さっきはもう少しでサイン会のこと言えそうだったし、運よく二人っきりになった今のうちに誘わなくちゃ！》」

諦め悪いなぁ。それに、『運よく二人っきり』って……。俺がコンビニ行くことになったら、お前が急に「私も行くわ」ってついてきたんじゃん……。

綾乃が追いついたところで再び歩き出すと、綾乃はじっと俺を見つめ、

「《よ、よぉし！　ここでサイン会の話を……って、あれ？》」

なんだ？

綾乃は興味深そうに俺の手を眺め、

「幸太、手、大きくなったわね」

なんだそれ……。

「そりゃあ、小学生の頃と比べたらな」

「《ちょっと触ってみたいなぁ……》」

やめい。

「…………」

「…………」

綾乃は俺の前にパッと手を出すと、

「手、合わせてみてよ。どれくらい大きくなったのか確認してあげるわ《あぁ、やっちゃったぁ！　こうちゃんの手を触りたいからってこんなこと……。で、でも、この流れだったら全然不自然じゃなかったよね？　こうちゃんに変態だって思われないよね？》」

全部お見通しだよ！

……けどまぁ、手を合わせる程度ならただの友達同士でもやることだし？　綾乃がそこまで俺に触りたいって言うなら？　断る理由もないし？　的な？

綾乃の手にぴったりと俺の手をつけると、ほっそりとして、ほんの少し冷たくなった指先が肌を撫でた。

「へ、へぇ。やっぱり結構違うわね《こ、こうちゃんの手、すっごいおっきい！》」

「そ、そうだなぁ」

綾乃の手、ちっさ！　かわいすぎだろ！

「《えっ！　すごい！　よく見たら手首に血管浮かんでる！　それ好き！》」

めっちゃ爪綺麗！　なにそれ！　女子力やべぇ！

「《あぁ、もう！　指絡めたい！　ぎゅっとしたい！　好き！　こうちゃん大好き！》」

えっ⁉　指絡めていいの⁉　ぎゅっとしていいの⁉　冗談っぽくすれば大丈夫だよね！

ほんの少しだったら問題ないよね！

そう思った次の瞬間、俺は慌てて手を引っ込めた。

い、いかんいかん……。一時の感情に呑まれたらだめだ……。これ以上いい雰囲気になると本当に告白されかねない……。

「も、もういいだろ。ほら、さっさと行こうぜ」

「え、ええ。そうね。行きましょう《あぶなかったぁ！　あとちょっとでぎゅっとするところだったぁ！》」

あとちょっとでぎゅっとしてもらえるところだったぁ……。

浅瀬（あさせ）にかかった短い橋に通りがかると、後ろにいた綾乃の足音がピタリと止（や）んだ。

「どうした？」

振り返ると、綾乃は苔（こけ）むした石造りの欄干（らんかん）から、下を流れる浅い川を見つめていた。

「そう言えば昔、この川で、幸太がペンダントをなくしちゃって大変だったよね」

「……そうだっけ？」

「うん。それで、一緒になって夜遅（よるおそ）くまで捜（さが）してたような……」

「……覚えてないな」

「えぇー……。なんか、幸太が泣いてて……。あっ。結奈ちゃんもいて……結奈ちゃんは笑ってたような……？　うーん……。あれー？　どうだったたっけ……」

たしかに昔、綾乃がおぼろげに覚えているそんなできごとがあった。

けれどそれは、綾乃の記憶（きおく）とは、ほんの少しだけ違っているようだった。

◇　◇　◇

回想。

俺の父親は、結奈が小学生になった頃、すぐに事故で死んだ。

母がどんな仕事をしているのか詳しくは知らないが、大勢の人の命を救う大切な仕事で、母にしかできない仕事だと聞かされている。

そして父が死んだあと、母は選択を迫られた。

俺たちを育てるため、大勢の人を見殺しにするのか。

はたまた、大勢の人を救うため、俺たちを手放すのか。

悩んだ末、頼れる親戚もいない母は、俺たちを知人に預ける決心をするが、俺と結奈がそれを拒み、結果として、俺たち兄妹は二人で生きていく道を選んだ。

それでよかったと思っていた。母親の帰ってくるべき場所に住むことで、遠く離れていても家族でいられると思っていた。

けれど、現実は非情だった。

まだ幼かった結奈は、たまに家に帰ってきた母が仕事のために出かけると、一日中泣いた。流行りのアニメを見せても、学校で起きたおもしろい話を聞かせてみても、結奈はピクリとも笑わなかった。

　母が家を空けている間は、母が雇ったというお手伝いの女性が毎日のように俺たちの様子を見に来てくれた。けれどそのたび、自分の母親の居場所がなくなると言って、結奈が大泣きした。

　あまりにも結奈が嫌がるので、お手伝いさんをよこさないでくれと母にメールすると、翌日から家には俺たち二人だけになり、出来上がった食事だけが毎日届くようになった。学校に通いながら、洗濯をして、掃除をして、一日中結奈のおもりをした。

　母親は何度も、お手伝いさんに家事を任せるよう言ったが、結奈と俺がそれを拒んだ。

　そんな折、母親は俺たちに一つずつペンダントをくれた。幸福を呼ぶペンダントだとか怪しいことを言っていた。

　結奈はそのプレゼントをいたく喜び、学校に行っている間もずっと首からぶらさげて、母がいない寂しさに負けそうになると、そのペンダントをぎゅっと握って泣くのをこらえるようになった。

　そして以前よりも結奈に手がかからなくなり、俺の負担も徐々に減っていった。

　ところがそんなある日、結奈はクラスメイトにペンダントを奪われ、川に投げ捨てられた。理由は、暗いから、とか、ずっと笑わないから人形みたいで気味が悪い、とか、そんなことだった。

泣きじゃくりながらそのことを報告してきた結奈を家に残し、俺は川へ向かった。

運よくその川は浅くて、入っても足首がつかる程度だった。

俺は必死でペンダントを捜した。ゴミをどけ、虫に刺され、ガラスで指先を切りながら、一日中ペンダントを捜した。俺と結奈のペンダントのデザインが同じだったら、代わりに俺のを結奈に渡してやれたのだが、残念ながらそうではなかった。

ぽちゃんと音がして、水面に波紋が広がると、曇っていたので雨でも降り始めたのかと空を見上げた。けれどその様子はなく、再び川を見るとまたぽちゃんと滴が落ちてきた。

そして、俺は自分が泣いていることを知った。

二人で暮らすことを選んだのは自分なのに、そのことを後悔している自分がいることに気がついた。

死んだ父親の代わりになれると思っていた。

母や結奈を支え、これからも以前と同じような生活ができると信じていた。

だから、母の知人のところへ行くことも、お手伝いさんが家に通うことにも反対した。

けれど、俺はそこまで強くなかった。

父親の代わりになりたいだなんて、思わなければよかった。

そんな、痛いくらいの現実を受け入れようとした時だった。

「ねぇ、こうちゃん。なに捜してるの？」

「……え？」

目の前に立つ、一人の少女。綺麗な真っ白いワンピースを着ているのに、そんなことはお構いなしに、俺と同じようにざぶざぶと川に入ってくる。

「……えっと……」

「ふふふ。びっくりした？　偶然上を通りがかった時、こうちゃんの姿が見えたから下りてきたの」

「……誰？」

「えぇー!?　忘れちゃったのー!?　ほら、昔一緒に遊んだことあるでしょ！　お母さん同士が友達で、こうちゃんの家にも行ったことあるし！」

「…………？」

「えー……。ほ、ほらっ、私のお母さんのこと、花江さんって名前で呼んでたでしょ！」

「……あぁ！　花江さんとこの！」

「そうそう！　綾乃！　ちゃんと覚えといてよね！」

「ごめん……」

「いいわよ、もう……。で、一人でなにしてるの？」

「ペンダントを捜してるんだ……。でも、もう見つからないから諦めるよ……」

「一緒に捜してあげるから、もうちょっと頑張ろうよ」

「……ううん。いいんだ。疲れたし、暗くなってきたし、明日また捜すよ……」

「だめよ。だって明日は雨だもの。今見つけないと雨で流されちゃうわ」

「……もう、ほっといてよ……」

そんな台詞を吐いて、俺は自宅に帰った。

ペンダントが見つからなかったことを伝えると、結奈は大声で泣き出した。それを見ていると、俺も涙が止まらなくなって、二人して肩を寄せてリビングで泣いた。

コンコン、という音がして意識を取り戻すと、いつの間にか眠ってしまっていたのだと自覚した。もう一度コンコンと音がすると、今度はそれが庭の方から聞こえてくることに気づいた。

横で寝ていた結奈も目をこすりながら、そちらを見やる。

するとそこには、泥まみれの顔で、にかっと笑いながら、結奈のペンダントを握りしめている綾乃の姿があった。

「見つけた！」

「綾乃……どうして？」

「いや、だから、明日雨降るって言ってるじゃない」

「いや……そうじゃなくて……どうして……そこまで……」

「そこまでってなにが？　私たち友達でしょ！　友達が困ってたら助けるのは当然！　そうでしょ？　……まぁ、こうちゃんは私のこと忘れてたみたいだけど」

「……それはごめん」

ペンダントを見ると、結奈は一目散に庭に飛び出した。

「結奈のペンダント！」

「あれ？　これ結奈ちゃんのだったの？」

「見つけてくれてありがとう！」

「うぐっ……。ちょ、ちょっと、結奈ちゃん、苦しいんだけど……」

「結奈のこと知ってるの……？」

「あなたもなの……。私、綾乃！　ちっちゃい頃一緒に遊んでたでしょ！」

「……？」

「ぐぬぬ……。友達がいのない兄妹め……。とにかく！　私、この近くに引っ越してきたから！　これからよろしくね、二人とも！」

ペンダントを受け取った結奈は、それまで見たこともないくらいいい笑顔で、「お兄ちゃん、ほら！　ペンダント！」とこちらを振り返った。それを見ると、また涙が止まらなくなった。

「……ちゃんと……お礼を言っとけよ……」

「うんっ！　ありがとう！」

綾乃は照れくさそうに、頬についた泥を拭った。

「どういたしまして。……でも、こうちゃんだって頑張ったのよ？」

「うんっ！　ありがとう、お兄ちゃん！」

それ以来、綾乃とは毎日のように一緒に遊んでいた。よく笑うようになった結奈は学校でからかわれることもなくなり、いつしか自分から率先して家事をするようになって、俺の負担は日に日に減っていった。

きっと、綾乃は知らないだろう。

俺たち兄妹が、綾乃のおかげでどれだけ助けられたかなんて。

◇　◇　◇

現在。橋の上。

そう言えばあの時も、綾乃は転校してきたんだっけ……。

「こうちゃん？　どうしたの？　ずっと川ばかり見て」

「別に。なんでもない」

なんとなくあの日のことを話すのは恥ずかしくて、綾乃には言わなかった。

綾乃は未だにうんうんと頭を悩ませ、あの日の出来事を思い出そうとしている。

「う～ん……なんだったっけなぁ……」

あの日から、綾乃には感謝してもしきれない。だからこそ、数年後に綾乃を傷つけてしまった時、俺は激しく後悔した。

もう一度あの日に戻れるのなら、やり直したい。けれど、そんなことは不可能だ。

だから俺は、やっぱり今を大切にしたいんだ。

「なぁ、綾乃」

「ちょっと待って、もうここまで出てるの。もう少しで思い出せそうなの……う～ん……」

「サイン会の日程とかって、決まったのか？」

「……へ？」

猫姫様が嫌な予感がすると言って、十分気をつけるよう俺に忠告した直後、綾乃の心の声からこのサイン会の話が浮上した。

もしかすると、このサイン会を巡って、俺の身に危険が及ぶのかもしれない。安全策を取るのなら、やはりここはサイン会には出ない道を選択すべきだ。

だけど、俺はもう、綾乃を悲しませたくない。

俺の大切な人を、泣かせたくないんだ。

「……綾乃？」

「はっ！　あ、いや……。う、うん。実はね、つ、つ、ついこの間、担当編集の再子さんからサイン会の整理券が届いたばかりなの。そそ、それで、こうちゃ――幸太も誘ってあげようかなって思って。も、もちろん、結奈ちゃんのついでなんだけれども！」

「あぁ。ありがとう。嬉しいよ」

「そ、そう？　それはよかったわ《こうちゃんが嬉しいって！　私のサイン会に行けて嬉しいって！　やばっ！　また顔にやけそう！　耐えろぉ、耐えろぉ！》」

綾乃って、にやけるの我慢したら睨んじゃうタイプなんだな……。

「そ、それと……あの……ついでというか……利便性を考えた上での提案というか……」

「なんだ？　他にもなにかあるのか？」

「……連絡先、交換してくれないかしら？」

「連絡先？」

そういえば綾乃、昔はスマホ持ってなかったっけ……。

「ゆ、結奈ちゃんとは連絡先を交換して、幸太だけしてないのって、なんだかかわいそうだし……。私たち、もう、おとなりさんで、いつでも連絡取れる方が便利だし……。これはあくまで、一般的なあれなだけであって、決して私が幸太の連絡先を知りたいとかいうわけではないのだけれど……」

「いやまぁ、連絡先くらいは……」

「そう。じゃあ、そういうことで《やったぁ！　こうちゃんの連絡先ゲットォォォ！》」

そんなに喜ばれるとなんか恥ずかしいんだけど……。

◇　◇　◇

後日。神楽猫神社。拝殿内。

猫姫様はお気に入りのクッションにどっかりと腰を下ろしながら、不貞腐れたように俺を睨みつけた。

「なぜわしの忠告を無視した」

「……すいません」

「まぁせいぜいあの綾乃とかいうおなごに告白されんよう気をつけるんじゃな。わしはもう知らん」

猫姫様は「ふん！」と鼻を鳴らし、口を尖(とが)らせた。

「……最初は猫姫様の忠告を守ろうとしたんですが……どうしても綾乃の気持ちを無視したくなくて……」

「自分の命よりも、他人の感情を優先するというのか」

「……はい」

「ふん。どうせわしはもう手伝わん。お前の命じゃ。勝手にせい」

「すいません……」

機嫌(きげん)が直らない猫姫様に頭を下げて出て行こうとすると、心配そうな顔をした白夜が足元にすり寄ってきた。

「にゃー……」

「心配してくれるのか？　ありがとう、白夜」

白夜の頭を一撫(ひとな)でして神社を出て行こうとすると、最後に猫姫様は一言つけ加えた。

「わからんのぉ。人間というやつは」

俺はもう一度猫姫様に頭を下げ、そのまま神社をあとにした。

数日後。教室での休み時間。

となりの席に座(すわ)った綾乃が、こちらをじっと盗(ぬす)み見(み)ている。

「《ふふふ。こうちゃん、サイン会に来てくれるのかぁ。よかったぁ。初めてのサインはこうちゃんにって、ずっと前から決めてたもんね。……それにしても、まさかこうちゃんの方からサイン会の話をしてくれるなんて……。……もしかして、今告白したらオッケーもらえちゃったりするのかな？》」

それはやめて！

「《なぁんてね！　今はこうちゃんと普通(ふつう)にお話してるだけで楽しいし、しばらくこのままがいいなぁ》」

ふぅ……。

卒業まで……あと二年弱か……。

……二年弱もこんな感じでやっていけるのか……？

……いや、深く考えるのはよそう。

弱気になりがちな自分の考えを払しょくしようと頭を振っていると、綾乃はこちらに紙切れを差し出した。

「あ、そうだ。はい、これ」

手渡されたのは一枚の整理券で、『整理券番号一番。二武幸太』と表記されている。

「これ、サイン会の？」

「それ以外になにがあるのよ。サイン会はトークショーが終わってからだから、学校が終わったあとゆっくり来ても間に合うわ」

改めて整理券の日程に目を通すと、結奈のことを思い出した。

「結奈も来れたらよかったんだけどな……」

「結奈ちゃん、ラクロス部の練習試合があるんだっけ？」

「あぁ。なんか助っ人として前から参加する約束をしてたらしい。……あいつ、綾乃のサイン会と日程がかぶってるって知って、マジ泣きしてたよ……」

「目の前で見てたし、あとでなだめるのが大変だったわ……」

「……うちの妹がすまん。それと――」

俺は周囲に目を配りながら、小声でたずねた。

「お前が小説書いてることって、他のクラスメイトには秘密にしといた方がいいのか？　一応、みずきにも言ってないんだけど」

「別に秘密にしてるわけじゃないわよ。関係者以外なら、一部の教師にも伝えてることだしね。……でも、そうね。秘密にしておいてもらえると助かるかしら」

「わかった。……でも綾乃ってあんまり他人の目とか気にしないから、そういうの隠さないと思ってたけど……」

「ま、私にもいろいろあるのよ《こうちゃんと秘密を共有したかったから、なんて言ったら、こうちゃんびっくりするだろうなぁ》」

き、急にデレるのやめてください……。心臓に悪いから……。

自分だけ特別扱いされてめちゃくちゃ嬉しくて、そのことを誰かに自慢したくなる衝動にフタをし、できるだけ平静を装った。

「へ、へぇ。いろいろねぇ……」

綾乃は自分の心の声が俺に聞こえているとも知らず、耳に髪をかけ、いたずらっぽく微笑んだ。

「えぇ。いろいろよ」

……かわいすぎだろ、俺の幼馴染。

◇　◇　◇

「そう言えば、サイン会の場所って伝えたかしら？」

「場所？」

　さっき受け取った整理券に目を落とし、書いてあった開催地を読み上げる。

「椿坂ロンタノビル？　椿坂ってことは、映画館の近くだな」

「ええ。マタタビ書店っていう大きな本屋さんが入っているビルよ」

「あぁ～。あの、一階から三階までずらっと本が並んでるところか」

「そう。トークショーとサイン会は、その一つ上、四階の会議室で行われるの。そこで、先にトークショーが行われて、それが終わると次にサイン会。トークショーは大御所二人と、新人二人の四人。サイン会は新人の二人だけが会議室に残ってサインをするの」

　少しの間を置いて、綾乃が言った。

「海藤一花とは、最初のトークショーでだけ顔を合わせることになるわ」

「……てことは、俺がサイン会が始まる時間に会場に着いた頃には、花江さんはもう帰ってるかもしれないってことか」

「そうよ」

「……ずっと聞きたかったんだけど、綾乃は花江さんのこと、どう思ってるんだ？」

そうたずねると、綾乃は困ったように眉をひそめた。

「……よくわからないの」

「わからない？」

「元々、あの人が家族を捨ててまで小説を書き続ける理由が知りたくて、私も小説を書き始めた……。でも、その答えは未だによくわからないまま……。あの人が家を出て行ってからずっと会ってないし、今更会えたとしてもなにを話せばいいのかわからない。……けど、本屋とかで海藤一花の名前を見るたび、なにか……こう……胸が締めつけられるの。だから、その感情を払しょくするためにも、私は海藤一花に会いたい。会って、話がしたい。それだけよ」

「……そうか」

綾乃は不安そうな表情を浮かべながらも、どこか期待しているようにも見えた。

サイン会、当日。家の前の通学路。

朝、家を出て少し歩くと、不意に声が聞こえてきた。

「《あっ。やっと来た！　こうちゃんだ！》」

ガチャリと隣家の玄関扉が開き、そこからのうのうと綾乃が姿を現した。

「あら？　おはよう、幸太。今日も奇遇ね」

今日もお疲れ様です、綾乃さん。玄関の居心地はどうでしたか？

「おはよう……。最近、よく一緒になるな」

「そうね。となりに住んでるし、学校も同じだから、登校時間がかぶってしまうことはしかたがないものね」

よくしれっとそんなこと言えるな……。

そのまま二人して駅までの道のりを歩き出した。近頃は綾乃とこうやって並んで歩くことも多くなり、当たり障りのない会話をちらほらと交わす機会も増えた。

けれど今日の綾乃は妙に口数が少なく、いつもは浮ついている心の声も聞こえてはこなかった。

俺は少し悩んで、結局例の話題を切り出すことに決めた。

「今日だな。サイン会」

言うと、綾乃もようやく口を開く。

「そうね」

表面上はなんとはなしに答えた綾乃の心の声が、濁流のように俺の鼓膜を震わせた。

「《とうとう、今日だ。あの人が来る。どうしよう。あの人は私のことどう思ってるんだろう。失敗できない。失望されたらどうしよう。どうして私たちを捨てたんだろう。会いたい。なにを話せば——》」

それはいつもの子供っぽい綾乃の心の声ではなく、感情のまま、無秩序に羅列された言葉の集合体だった。

綾乃、自分でも気持ちを整理しきれていないんだな。……無理もないか。

「それで、詩仁先生。今のお気持ちはどうですか？」

そうたずねると、綾乃は訝しげな表情を浮かべた。

「なによ、それ」

俺はわざとおどけたように続けた。

「練習だよ、練習。せっかくトークショーに呼ばれたんだろ？　そんなにムスッとしてたら、観に来た人が怖がって帰っちまうぞ」

「《こうちゃん……もしかして私が緊張してるから、和ませてリラックスさせようとしてくれてるのかな？》」

改めて言われると恥ずかしいな……。

綾乃は、ふぅ、と一息つくと、

「別に問題ないわ。だって、私はトークショーとサイン会の間、ずっと被り物をして顔を隠してるもの」

「あれ？　そうなのか？」

「ええ。言ってなかったかしら？」

「いや、普通に聞いてねぇから」

「そう？　覚えてないだけじゃない？　幸太、昔から記憶力が乏しいから」

「乏しいとか言うな」

気晴らしになればいいと思ったが、綾乃の心の声に変化はなく、ただ鬱々とした言葉の羅列が延々と俺の耳に届き続けた。

なにか気の利いたことでも言ってやれたらいいけど、思いつかない……。

頑張ってくれ？　いや、違うな。無理するな？　これもいまいちだな……。

そうやって考えを巡らせていると、あっという間に学校に到着してしまった。

だめだ……。結局なにも思い浮かばなかった……。

くそっ。俺にもっとコミュニケーション能力が備わっていれば……。

靴箱で上靴にはき替えた綾乃が、

「私、今日はこっちだから」

「ん？　どこ行くんだ？」

「いろいろ準備があるから、今日は昼休みで早退するの。だから、その手続きを先に済ませておくのよ」

「そうか。大変だな」

「ええ。じゃあ、またあとで」

「あぁ。サイン会、楽しみにしてるよ」

そんななにげない別れの一言を投げかけると、それまでずっと聞こえていた綾乃の心の声がピタリと消えた。

職員室の方に歩き出していた綾乃は、一瞬足を止め、こちらを振り返って少し照れくさそうに言った。

「ありがとう」

そしてそのままそそくさと行ってしまった綾乃の背中を見送り、俺は改めて教室に向かって足を踏み出した。

なんだ。思ってることを言うだけでよかったのか。

昼休み。

校内にチャイムの音が響き渡ると、食堂へ急ぐ生徒たちの喧騒が広がり、教室内には弁当の匂いが充満する。

そんな中、綾乃は教科書やらノートやらを鞄の中へ詰め込み、帰り支度を進めていた。

「もう行くのか？」

綾乃はやはり緊張した顔つきをしていたが、それでも今朝より随分和らいでいた。

「ええ。サイン会までは時間があるから、幸太はゆっくり来て大丈夫よ。それと、整理券を忘れないように。あれがないと会場に入れないから」

「持ってる持ってる。安心しろ」

教科書やらを鞄に詰め込み終えた綾乃は、最後に机の中から赤色の手帳を取り出し、それをブレザーのポケットに大事そうにしまった。

「私はもう行くわ」

「おう。またな」

「ええ。また」

そう簡素に言い残すと、綾乃はそのまま教室を出て行った。

直後、綾乃とは別の女子生徒の声で「あ、すいません!」と聞こえてきて、平謝りしながら廊下を走っていく数人の女子生徒が横切った。

なんだ?

気になって扉の向こうを覗こうとした時、前の席に座っていたみずきがだるそうにうんと背伸びをした。

「もうー。今日も放送だよぉー。めんどくさーい」

「それももうあと数日で終わりだろ? 元気出せよ」

「うん……。そうだねー……」

そんなに嫌か、放送当番。

みずきとのやりとりを終え、視線を再び扉の方に戻すが、特に変わった様子は見受けられなかった。

◇　◇　◇

放課後。

黒板の上部に取りつけられている時計で時間を確認するが、まだサイン会が始まるまでにはかなり余裕があった。

今から急げばぎりぎりトークショーにも間に合うけど……。そもそもそっちの整理券はもらってないしな……。

ま、俺が顔見せたら綾乃が変に緊張するかもしれないし、やめとくか。

まだ教室に残っていたみずきがこちらを振り返り、

「ねぇ、幸太！　放送の仕事までちょっと時間があるから、それまでつき合ってよ！」

「断る。じゃあな」

「冷たいよっ！　ちょっとはお話していこうよっ！」

「えぇ……」

「幸太はそういうとこあるよねぇ……。友達が頼んでるんだからさぁ、少しくらい話し相手になってくれてもいいじゃん」

「悪いけど、俺はこのあと予定があるんだ」

「予定？　どんな予定？」

綾乃が小説書いてるってことは口止めされてるし……。

「いろいろだよ。いろいろ」

「ふーん。いろいろねぇ《幸太の予定って言ったら、たぶん結奈ちゃんのことだよね》」

こいつ、俺に友達が少ないことを見抜いてやがる……。

にしても、最近は慣れてきたのか、心の声と現実の声がきちんと区別できるようになってきたな。

「そうだよ。いろいろだよ」

「わかったよ。じゃあ、もういいよーだ」

みずきは不貞腐れたようにそう言うと、机の中から一冊の文庫本を取り出し、鞄の中にしまおうとした。

「それ、あれか？　前に読んでた」

「うん。そうだよー。『海岸線で君想う時』。もうねー。この本おもしろくて、つい何度も読み返しちゃうんだー」

「俺も読んだぞ、その本」

以前、綾乃から直接もらった『海岸線で君想う時』を、ちょうど読み終えたところだった。

「ほんとにっ⁉　どうだった⁉」

「おもしろかった。ベタだけど出会いのシーンがよかったな」

「そうだよね！　いいよねっ、あのシーン！　ヒロインが子供の頃、お母さんの形見のペンダントを海岸でなくしちゃって、それをたまたま主人公が見つけて物語が動き出すっていう、もう運命だよ、そのまま結婚しちゃえよ、みたいな展開、ボクも大好き！」

「でもあの本に出てくる主人公とヒロインって、たまに勘違いで仲たがいしたりするけど、基本的にいちゃいちゃしてるだけだよなぁ」

「うんうん。でもそれがいいんだよねぇ。安心して読めるっていうか、期待を裏切らないっていうか」

　みずきはしみじみとそんなことを言うと、思い出したようにつけ加えた。

「あっ！　そうだっ！」

　みずきは「ふふふ」ともったいぶった様子で笑みを含ませている。

「なんだよ」

「幸太は気づいたかな？　この本と、幸太との関係に」

「……は？　その本と俺の関係？　どういう意味だ？」

「ボクねぇ、何度かこの本を読み返して、気づいちゃったんだぁ」

「だからどういう意味だって」

「ほら、これっ！」

そう言って、みずきは表紙に書いてある作者名、『詩仁竹子』の文字をぴしりと指示した。

「それがどうかしたのか？」

「わからない？」

「……？」

「この詩仁竹子先生の名前を平仮名にして並べ替えると、なんと、二武幸太になるんだよっ！」

うたにたけこ。

にたけこうた。

あいつなにやってんだマジで！

「……へ、へぇ。……すげぇ偶然だなぁ」

「でしょ⁉ ボク見つけた時思わず笑っちゃったもん！」

笑えねぇよ……。これ、詩仁竹子が綾乃だって知られたら、絶対俺となんかあるって思われるじゃねぇか……。

「すごいでしょー」と満足そうに笑ったみずきは、ふと時計を見ると残念そうにぼやいた。

「あ、ボクそろそろ行かなくちゃ……。幸太はもう帰っちゃうの？　二十分くらい待ってくれればボクも一緒に帰れるけど」

「俺はもう行かないと。遅れたらまずいんだ」

サイン会まではまだ時間があるけど、なにがあるかわからないし、ここは早めに行って本屋で立ち読みでもしておこう。

「……そっかぁ、残念。じゃあ、また明日ね」

「おう。また明日」

サイン会かぁ……。綾乃、家で自分のサインの練習とかしたのかな？　俺も昔自分の名前をかっこつけて自由帳に書きなぐってたなぁ。……まさかあの自由帳、綾乃の手に渡っていたとはな。そのうち取り返して焼却処分せねば。
そんなことを考えながら校舎内を移動し、靴箱の前に到着した。少しの間みずきと話し込んでいたせいか、一般の生徒はほとんど帰ってしまっていて、校内にはちらほらと生徒がいるだけだった。

靴箱から取り出した靴を地面に投げ置くと、カコン、と軽い音が響いた、その瞬間、ピリリリリ、とポケットに入れていたスマホが鳴った。

電話？　結奈かな？

スマホを取り出して画面を確認すると、『夢見ヶ崎綾乃』と表示されている。

綾乃から電話が来るなんて新鮮だな……。あいつ、昔はいっつも突然家まで来てたし……。いやまぁ、今も突然家に来るけども……。

綾乃とは最近毎日顔を合わせていたが、電話で話すとなると少し緊張した。

「も、もしもし」

けれど、通話口から聞こえてきた声は綾乃のものではなかった。

『もしもし。突然のお電話失礼いたします。江之比出版、NJ文庫編集部の霧切再子と申します。二武幸太さんのお電話で間違いありませんか？』

再子？　たしか、綾乃の担当編集がそんな名前だったような……。

「えっと……はい。そうですけど」

『前に一度会ってるんだけど、覚えてる？』

「前に？　俺とですか？」

『ほら、綾乃の家の前で、海藤先生と一緒にいた』

そう言われて、紫色の眼鏡をした女性の姿を思い出した。

「あぁー、はい。あの時の」

だとすると、綾乃の担当編集が、綾乃と花江さんを会わせようとしてたってことか。でも、どうしてだろう？　綾乃が花江さんに会いたがってることを知ってるのか？

俺の疑問を他所に、再子さんは話を続ける。

『あなたは、今日綾乃がトークショーに出席する予定だということは、もちろん知っているわよね？』

「はい。知ってますけど……。あの、綾乃がどうかしたんですか？」

『時間がないので単刀直入に言うわ。このままだと綾乃は、今日のトークショーには出演できないの』

「……はい？」

綾乃がトークショーに出られない？　どうして？　それにこの人、なんの意図があって俺に電話してきたんだ？

『あなたは、綾乃がいつも持ち歩いてる、赤い装丁の手帳を見たことあるかしら？』

綾乃の手帳？　たしか、前に一度みずきが拾って、綾乃がすごい剣幕で取り返してたっけ。そう言えば今日も、綾乃がブレザーのポケットに入れてたな。

「はい。ありますけど……」

『綾乃がそれをなくしてしまったらしいの』

「なくした……？　……あの、それでどうして、綾乃がトークショーに出られないとかいう話になるんですか？」

『問題は、その手帳が綾乃のメンタルに大きく関係しているということなの。綾乃はこちらに到着してから手帳をなくしたことに気づいたんだけど、余程大切なことが書かれていたのか、かなり取り乱しててね……。こちらとしては今の状態の綾乃を、海藤一花と共演させることはできないという結論に達したわ』

たしかに、綾乃と花江さんの関係を知っている者なら、二人を大勢の前で引き合わせることに危険が伴うことは想像ができるだろう。しかも、綾乃が平常でないというのならなおさらだ。

けれど俺は、いつの日か聞いた、綾乃の言葉が頭の中に鮮明に浮かび上がった。

『私は海藤一花に会いたい。会って、話がしたい』

俺はその言葉を心の中で反芻し、電話口で声を張った。

「綾乃にとって、今日のトークショーはとても大切なものなんです。少し動揺してるからってそんな――」

『綾乃をトークショーに参加させたいのは私も同じよ。……けど現に今も、私がこうして、勝手に綾乃のスマホを使ってあなたに連絡していることに、綾乃はまったく気づいていないもの。本人はもう大丈夫だ、なんて言ってるけど、さっきからぶつぶつ独り言を呟いてるし、明らかに平常心を失っているわ』

「……でも、だからって中止だなんて横暴です！　せめて……せめて綾乃と花江さんが話をする機会を作ってあげてください！」

『それはできないわ。海藤先生は、プライベートでは絶対に綾乃には会おうとしないもの。あなただって知ってるでしょ？』

たしかにこの前、花江さんと会った時も、花江さんは綾乃の家の前まで来て、そのまま帰ってしまった。

『けれど、一つだけ手があるわ』

「手？」

『あなたが、今すぐ綾乃の手帳を見つけてここに届けるの。それで綾乃が落ち着きを取り戻せば、トークショーには問題なく出演させられる』

「……手帳を見つけろったって、どこを捜せばいいんですか？」

『綾乃の話では、学校で教室を出た時、廊下で他の生徒とぶつかったらしいの。もしかしたらそこで落としたのかもしれないわ』

学校にあるかもしれないのか……。だったらすぐに見つけて持って行けば……。

「時間はどのくらいありますか？」

『トークショーの開始時刻は、二十分であれば遅れさせることが可能だけど、綾乃を途中参加させることはできないの。つまり、あなたは今から四十分弱で、手帳を見つけ、この会場に到着する必要があるわ』

「ちょっと待ってください！　ここから会場までは早くても二十分はかかります！　それだと二十分しか手帳を捜す時間がないじゃないですか！　そ、それに途中参加できないってどういうことですか！」

『トークショーを観に、うちの社の上層部の連中が何人か来てるの。その中には、新人が遅刻するなんて言語道断、と目くじらを立てるような頭の固いのもいてね。そんなことになると、綾乃の今後の活動に差し障りが出るかもしれない。だから遅刻するくらいであれば、綾乃は体調不良ということにして、トークショーとサイン会の両方を休ませた方が、まだ心証を悪くせずに済むのよ』

「サイン会も……ですか？」

『ええ』

俺がサイン会に来るってだけで、綾乃は飛び跳ねそうなくらい喜んでた……。

それを中止になんて、させてたまるか。

「手帳は必ずそちらへ届けます。すぐに出られる準備をして待っていてください」

『頼んだわよ』

◇　◇　◇

制限時間は残り二十分。それまでに綾乃の手帳を見つけ出して学校を出なければ、トークショーの開始時刻には間に合わない。

それにしても、綾乃が手帳一つでそこまで動揺するなんて、いったい中になにが書いてあるんだ？　前にみずきが手帳を拾った時も中身を見たかどうか、すごい形相で確認してたっけ……。

……とにかく、今はそんなことを考えている時間はない。集中しないと。

再子さんの話では、綾乃は手帳を学校で落とした可能性が高い。綾乃が教室を出た時、数人の女子生徒が誰かに謝(あやま)りながら廊下を走っているのを見かけた。おそらくその相手が綾乃だったんだ……。

そう考えて教室の前の廊下を見に行ったが、手帳らしきものはどこにもなかった。

もしかすれば誰かが拾って職員室に届けているかもしれないと考え、そちらも確認しに行ったが成果はなかった。

どうする……。このままあてもなく校内を捜し回っていたらすぐに時間がなくなるぞ……。そもそも、綾乃が学校で手帳を落としたと思っているだけで、実際は他の場所で落としていたとしたら……。外に捜しに行った方がいいのか……？

いや、もしも外で手帳が誰かに拾われていて、さらに運よく警察にでも届けられていたとしても、本人以外の受け取りには委任状かなにかが必要なはずだ。その時間はない。

道中に落ちていてそのままになっているのだとしたら、あとで綾乃たちのところまで行く時に捜した方が効率がいい。

つまり、約束の二十分が過ぎるまでは校内を捜すべきだ。

けれど、教室の前の廊下にも、職員室にも手帳はなく、念のため近くのゴミ箱も捜してみたが見つからなかった。

綾乃が本当に手帳を校内で落としていたとして、考えられる可能性の一つは『誰かが拾って、そのまま持って帰った』だ。

もしそうだとしたら、今日中に見つけるのは不可能だ。不可能なことを今考えてもしょうがない。であればもう一つの可能性『誰かが拾って、その拾った誰かは今現在も学校の中にいる』と考えて行動してみよう。

でも、その人物が実際にいたとして、どうやってこの広い校舎内から捜し出す？　一人一人聞き出してたんじゃ間に合わない……。

手っ取り早く……校内に残っている人たちに探りを入れる方法は……。

……あ。

そうだ。あいつに頼めば！

俺は急いでスマホを操作し、ある連絡先に電話をかけた。

電話が終わると、すぐにスマホをしまい、校舎に囲まれた中庭へと飛び出した。

ここだ。ここなら全方位が見渡せる。

あとは、ただ待つだけだ。

キンコンカンコン、と聞きなれたチャイムの音が校内に鳴り響き、そして、多発する忘れ物と落とし物の注意を喚起するため、毎日嫌々放送をしているみずきの声が聞こえてきた。

『みなさん、今日も一日お疲れさまでした。最近、忘れ物、落とし物が多発しています。お帰りの際は今一度、ご自分の荷物を確認し、忘れ物がないかをお確かめください。それと、赤い装丁の手帳に心当たりのある方は、今すぐ職員室へお越しください。繰り返します。赤い装丁の手帳に心当たりのある方は、今すぐ職員室へお越しください――』

よし。よくやってくれた、みずき。

俺の読心能力で聞こえる心の声の声量は、その声の持ち主の感情が大きくかかわってくる。感情の起伏が少なければ声は小さく。逆に感情の起伏が大きければ、声は大きくなる。

もしも赤い手帳を持っている何者かがまだ校内にいたとすれば、その人物は手帳を落とし物箱には入れず、自分で保管しているということになる。となると、この放送の呼び出しにも来ないかもしれない。

だが、万一そんな人物がいて今の放送を聞けば、手帳に心当たりのない大多数より、微かに心の声が大きくなるはずだ。

ここでなにも聞こえなければ、次は心の声が聞こえない男を対象に、タイムリミットぎりぎりまで聞き込みをし、その後学校の外を捜しながら綾乃たちのところへ向かう。

そのあともみずきは同じ文章を読み上げるが、俺は耳を澄まし、学校中で拡大していく心の声にだけ集中した。

「《手帳？　誰か落としちゃったのかな？》」「《疲れたぁ》」

違う。これじゃない。

俺がいる中庭からは、校舎内を歩いている数名の生徒の姿が確認でき、その心の声が次々と耳に届いた。

「《手帳？　なんの話？》」「《あー、早く帰りたいなぁ》」「《図書室行こっかな》」「《お腹減ったなぁ》」

だめか……。思ってたより窓から見える生徒の数が多い。そのせいで、それほど大きくない心の声まで聞こえてくる……。これじゃあ、手帳に心当たりのある奴の心の声と聞きわけができないかもしれない……。

「《補習終わった！　部活だ、部活！》」「《なんだろう、今の放送……》」「《お腹痛い》」「《帰ったらゲームしよ》」「《早く帰りたい！》」

やっぱり校内に残っている女子の中に、手帳に心当たりがある奴はいないのか……。しかたない。次は心の声が聞こえない男を対象に聞き込みに——

「《部活！　部活！》」「《おにぎり買いに行こっかなぁ》」「《あの本の続き読まなくちゃ》」「《帰りたいぃ》」「《赤い手帳？　まさか――》」

今の……。

最後、ほんの一瞬、微かに聞こえてきた声……。あの声だけ壁の向こうから聞こえてきた気が……。

感情を伴った心の声であれば、ある程度壁を通過して聞こえてくる。つまり、今の心の声の持ち主は、赤い手帳に心当たりがある可能性が高い。

声は、北校舎の三階辺りから聞こえてきたけど、やっぱり廊下を歩いている人影はない……。てことは、どこかの教室に残ってるってことか？

とにかく今はこの声の持ち主にかけるしかない。急いで向かおう。

◇　◇　◇

北校舎、三階。

声がした方向を頼りにそこまでやってくると、近くの教室から数人の女子生徒の声が聞こえてきた。

奥の教室から聞こえるな……。ここは全部三年生の教室だし……。さっきの心の声の持ち主は三年生ってことか……？

小走りで目的の教室の前までやってきた途端、その教室の扉がガラリと開き、中から三人の女子生徒がわらわらと姿を現した。

この中の誰かがさっきの心の声の持ち主なのか？

女子生徒たちは、「帰ればいいんでしょー」「このあとカラオケ行こうよ、カラオケ！」「いいねぇ！」と、談笑しながら近づいてくる。

このまま帰すわけにはいかない、手帳のことを聞き出さないと！

「あの！　ちょっとすいません！　この中で誰か、赤い手帳とか拾ったりしてませんか？」

声をかけられると思っていなかったのか、女子生徒たちは驚いたようにぎょっとしたのち、それぞれ顔を見合わせた。

「手帳？　誰か知ってる？」「さぁ？　知らないけど」「わっかんないなー」

誰も手帳のことを知らない？　じゃあ、さっきの心の声はどこから……？

三人の女子生徒の中の一人が、自分たちが出てきた教室に向かって声を伸ばす。

「ねぇ、百合ちゃーん。手帳知らないかって、手帳」

百合ちゃん？

教室の中を覗くと、そこにはまだ一人だけ残っている人物がいた。

「……雨宮先生？」

雨宮先生は俺の顔を見るなり、訝しげな表情を浮かべ、抱えていた出席簿の背を軽く撫でた。

「《なるほど。さっきの放送は二武君の仕業でしたか……。みずきお嬢様があんな放送をするなんておかしいと思っていたんです……》」

雨宮先生は女子生徒たちに向かって、

「いいから、あなたたちは早く帰ってください。それと私のことは雨宮先生と呼ぶように」

「はーい」「百合ちゃん、またねー」「じゃあね、百合ちゃん」

「まったく……」

あの三人は手帳のことを知らなかった……。それに雨宮先生はさっきの放送のことを気にしている……。ということは、あの心の声の持ち主は……。

三人の女子生徒がいなくなり、俺と雨宮先生の二人きりになると、雨宮先生は淡々と口を開いた。

「まさか校内に残っている全員に、そうやって手帳のことを聞きまわっているんですか？」

心の声で場所を特定して、とは言えないな……。

「は、はい……。まぁ……」

「二武君は他にやることとかないんですか？　それでも花の高校生ですか？」

「ほっといてください……。……それで、先生は赤い手帳のこと、知りませんか？」

「……はぁ。これのことですか？」

雨宮先生が半ば呆れたように掲げた赤い装丁の手帳は、たしかに綾乃が持っていた物と同じだった。

「そ、それです！」

「廊下に落ちていたのを拾いました」

「あぁ、よかったぁ……。あの……それ、すぐ持ち主に渡してやりたいんで、返してもらえませんか？」

「だめです」

「……だめです？」

「だって、この手帳は二武君の物じゃありませんよね？」

「いや、そ、そうなんですけど！　それ、どうしても今すぐ綾乃に渡さないといけないんです！」

「綾乃？　あぁ。夢見ヶ崎さんのことですね。であれば、今すぐ夢見ヶ崎さんを連れて来てください」

「本人の許可なら取ってます！　だからお願いします！」

本当は取ってないけど……。

「ノーです」

「どうしてですか！」

「この手帳の中に書かれていることに……少々問題があります。よってこのまま返すわけにはいきません。後日、夢見ヶ崎さんと直接面談して返します」

「手帳の中にいったいなにが⁉」

「……二武君は夢見ヶ崎さんと一緒にいて、おかしなこととかされてませんか？　大丈夫ですか？」

「手帳の中にいったいなにが⁉」

くそっ！　綾乃のやつめ！　手帳にどんなことを書けば雨宮先生をここまで心配させられるんだ！　大丈夫か、あいつ！

「まぁ、この際手帳の中身には目を瞑るとしても、落とし物は直接持ち主に返さなくてはいけないという決まりがあるんです」

雨宮先生の心の声が耳に届く。

「《二武君には申し訳ありませんが、私がおいそれと教師としてのルールを破れば、みずきお嬢様のお世話をする資格がないと見なされ、お傍にいられなくなる可能性もあります。ここは折れるわけにはいきません》」

このまま雨宮先生を説得できないと、トークショーの時間に間に合わなくなる……。

無理やり手帳を奪い取るか？　……いや、そんなことしたら最悪停学とか退学とかになるかもしれない……。それは非常にまずい。

ここはどうにかして、雨宮先生自身に手帳を渡してもらわないと。

綾乃に直接電話させるか？　いや、再子さんの話から察するに、綾乃は電話に出られるような状態ではないはず。

だったらもっと別の……雨宮先生に直接命令できるような人物は……。

そうだ、みずきだ！　みずきに直接先生を説得してもらえばいいんじゃないか！

雨宮先生はみずきのとこのメイド。そしてみずきにご執心だ。だったら、みずきをこの場に呼び出せば、うまいこと先生を言いくるめてくれるに違いない。

そう思い、ポケットからスマホを取り出すと、そのはずみでなにかの紙切れがヒラリと床に落ちた。

なんだ、これ……？

屈んで紙切れを拾い上げると、それはいつの日かみずきに押しつけられた、みずき自身の写真だった。

これ、みずきが盗撮された写真……。ポケットに入れっぱなしになってたのか……。

すると、その写真を見た雨宮先生が、わなわなと小刻みに震え始めた。

「《そ、それは私がなくしてしまったみずきお嬢様の秘蔵写真！　どうして二武君が！》」

盗撮の犯人あんたかよ！

みずきも気づけよ！　犯人お前の身内じゃねぇか！

だらだらと汗を流す雨宮先生を他所に、こっそりみずきに電話をかけるが、応答はない。

くそっ！　どうして出ないんだ、みずきの奴！

このままだと時間がない……。他に、なにか手は……。

……そう言えばみずき、自分の写真を知り合いが持ってる分には構わない、とか言って俺に押しつけてきたんだよな？　つまり知り合いであれば、俺でなくてもいいわけだ……。

であれば、この写真と綾乃の手帳を交換してもらう……なんて無理だな。そんなことを提案すれば、俺が二人の関係を知っていると白状するようなものだ。そうすれば自然と、俺がみずきの正体も知っているのではないか、という懸念が生じる。ハンバーガーショップで会った時の様子だと、雨宮先生はすでに俺を疑っているし、迂闊な発言はできない。

雨宮先生は、俺が持っているみずきの写真を物欲しそうに見つめている。

「《みずきお嬢様の秘蔵写真……。あれは私のコレクションの中でもとびきりの一枚……。しかも先日誤ってPCのデータを飛ばしてしまい、バックアップもとっていなかったため、現存するのはあれ一枚きり。今はとりあえず他の写真で代用していますが、どうにかしてあの写真を取り戻したい……。しかたありませんね。二武君にいちゃもんをつけて無理やり写真を没収してしまいましょう》」

この人ほんとにダメ教師だな……。

雨宮先生は、こほんと喉を鳴らして、

「では、手帳の件は以上ということで。つきましてはその写真を――」

冗談じゃない！　ここで引き下がってたまるか！

「ちょっと待ってください！」

「……なんですか。大きな声を出して」

「……お願いします。どうしても、今すぐ手帳を、綾乃に届けなくちゃいけないんです」

「だからそれは――」

「お願いします！」

深々と頭を下げると、雨宮先生はため息交じりにたずねた。

「どうして……そこまで必死になるんですか？」

「……俺、あいつの夢を応援してやりたいんです。こんなところで躓かせたくないんです。だから、お願いです、雨宮先生。綾乃の手帳、返してください！」

情けない話だ。いくら相手の心の声が聞こえても、雨宮先生を説得できる方法が見つからない。最後はこうやって、頭を下げるくらいしかできることがない。

「……申し訳ありませんが、それはできません。……手帳は後日、本人に直接──」

言葉を途中で詰まらせた雨宮先生は、ぽかんと口を開けて、俺の背後、教室の扉の方を見つめていた。

振り返って後ろを確認すると、そこにはなぜかみずきがひょっこり顔を覗かせていた。

「みずき!?　どうしてここに!?」

咄嗟に、持っていた写真をポケットの中にしまった。

「いやぁ、放送室の窓から走ってる幸太の姿が見えたから、追いかけてきたんだよ」

「ス、スマホは？」

「え？　あぁ、放送室に置きっぱなしかも……。それより、捜してた手帳は見つかったの？　あれって夢見ヶ崎さんの手帳のことだよね？」

「い、いや……それが……」

俺が雨宮先生に視線を向けると、その手の中に見覚えのある手帳があることにみずきも気づいたようだった。

「あぁ、雨宮先生が拾ってくれてたんだね！　よかったぁ、見つかって！」

「それが……本人じゃないと渡せないって言われてて……」

「え？　そうなの？　……雨宮先生、手帳、渡してくれないんですか？」

雨宮先生は見るからに動揺しながら、

「そ、そそ、それは、まぁ……そうですね。やっぱり本人じゃないと……《教師としてのルールを破ったことがバレれば、お嬢様の傍にいられなくなるかもしれませんし……》」

「どうしても、ですか？」

「うっ……《な、なんですか、このかわいい生命体は！　あぁ、もう！　全部どうでもいいから今すぐ持って帰って舐め回したいぃ！　――はっ！　お、落ち着け、私。ここは冷静に行動するのです！》」

雨宮先生は、今にも泣き出しそうな顔で唇を噛みながら、

「ど、どうしても……どうしてもできないんです！　すいません！」

「……そ、そうですか《百合さん、なんでこんなに必死なんだろう……》」

くそっ。みずきなら雨宮先生を説得できると思っていたのに……。

だったら、雨宮先生がみずきを隠し撮りしていたことをネタに手帳を返してもらう……のも無理か。そもそも雨宮先生がみずきを盗撮していたことを証明できない。心の声で聞いた、なんて言うわけにもいかないし……。

なにか証拠でもあれば別なんだが……。

ええい！　なんでもいい！　なにかこの状況を打開できる情報はないか！

弱気になるな！　思い出せ！　使えそうな、今までの記憶全部！

『でも、こういう紙での写真っていうのは珍しいかな』

『最近はスマホだしな。……これって、わざわざスマホかデジカメで撮影した写真をプリントアウトしたってことだよな？　なんでそんなことする必要があるんだ？』

『う～ん……。なんでだろうね？』

……ん？

そうだ。どうして雨宮先生は、わざわざ紙媒体の写真を持っていたんだ？　さっき、心の声でPCのデータが飛んだと言っていた。それはつまり、みずきの写真がPCのデータとして存在していたということだろ？　それをわざわざプリントしなければいけない理由があったのか?

考えろ……。考えろ……。なにか突破口が見えてくるかもしれない……。

雨宮先生が今まで言っていたことを全て思い出すんだ……。

『この前も、学校の廊下でスマホを見ていただけでクレームが……』

クレーム? そうか。雨宮先生は最初、スマホでみずきの写真を見ていたんだ。けれど、廊下でスマホを見ていたところを生徒に見られ、クレームをつけられた。

だから雨宮先生はスマホではなく、写真にしたってことか……?

いや、おかしくないか? さすがに廊下で写真を眺めてたら目立つだろ……。雨宮先生はみずきの写真を持っていることを隠している。特に、みずき本人には。だったら、廊下で写真を眺めるなんて目立つようなことはしないはず。

トイレとかでこっそり見るためなら、スマホのままでも問題ない……。

となると、廊下で写真を眺めていても、不自然ではないなんらかの方法が……?

……たとえば…………………出席簿にはさんでいた、とか……?

そうだとしたら周囲の生徒には気づかれず、みずきの写真を堪能することができるはず。

……あれ？　そういや雨宮先生、さっき心の声でなにか……。

『《――バックアップもとっていなかったため、現存するのはあれ一枚きり。今はとりあえず他の写真で代用していますが、どうにかしてあの写真を取り戻したい》』

他の写真で代用？

……つまり、今現在、雨宮先生の出席簿の中には――

俺は咄嗟に、教卓（きょうたく）の上に置かれていた雨宮先生の出席簿を奪い取った。

その様子に、先生は眉（まゆ）をひそめる。

「二武君？　急に先生の出席簿を抱（だ）いてなにをしてるんですか？」

確率は五分五分。俺の推理が正しかったとしても、雨宮先生が写真の保管場所を変更（へんこう）していたらアウト。

「……雨宮先生、お願いです。綾乃の手帳を返してください」

「いや……その前に先生の出席簿を……」

「も……もしも返してくれなかったら、今この場で、この出席簿を開きます」

「はい？　それがどうかし……はっ！　《ま、まずい！　出席簿の中にはみずきお嬢様の写真が！　こ、このままでは――私がみずきお嬢様を盗撮していたことが、みずきお嬢様本人に知られてしまう！》」

よし！

「に、に、二武君！　お、お、落ち着いてください！　早まってはいけません！　とにかくその出席簿をゆっくりと下に置いてください！　《二武君は明らかに、出席簿の中にお嬢様の写真が入っていることを知っている！　いったいどうして！》」

「それ以上近づかないでください！　俺は本気ですよ！」

その様子を見ていたみずきが、

「《二人とも、どうして爆弾犯と警察官みたいな会話してるんだろう……。でも、なんかちょっと楽しそうかも。ボクも交ぜてほしいなぁ》」

やめろ！　お前が入るとややこしくなる！

「雨宮先生、俺の要求はただ一つです。綾乃の手帳を返してください！」

「い、いや、そ、それは、その……《落とし主以外に無断で手帳を渡したことがバレれば、私の教師としての評価が下がり、みずきお嬢様のお傍にいる資格なしと判断されるかもしれない！　で、でも、もしも二武君が本当にこの場であの出席簿を開いてしまったら、絶対みずきお嬢様に軽蔑されてしまう！　そ、それだけは防がなければ！》」

雨宮先生は、俺とみずきの顔を見比べたあと、諦めたようにため息をついた。

「……わ、わかりました。手帳は返します。ただし、西園寺君は少しの間、外に出ていてもらえますか？」

「え？　ボク？」

状況を掴めないままみずきは廊下に追い立てられ、二人っきりになった教室で、雨宮先生はすんなり手帳を俺に手渡した。

「大丈夫だとは思いますが……。くれぐれも夢見ヶ崎さん本人に返してくださいね。それと、私が無断で手帳を渡したことは内密に」

「はい、もちろんです。……それより、こんな脅すような方法を使ってすいませんでした」

「もういいですよ。私の方も少し意固地になりすぎました……。ところで、あなたはどうして出席簿の中身を知っていたんですか？」

これ以上雨宮先生の警戒心をあおらないよう、慎重に言葉を選んだ。

「雨宮先生って、みずきのファンなんですよね？」

「……ファン？」

「実は時々、出席簿の間に挟んだみずきの写真を眺めてる雨宮先生を見かけてたんですよ……。もちろん、みずきには言ってません。……俺が持ってたあの写真も、本当は雨宮先生のものですよね？」

「……知っていたんですか《どうやら、私とみずきお嬢様との関係を正しく理解しているわけではないようですね》」

雨宮先生は訝しげな表情で、

「一つ聞きますが、そのことを知っていながら、どうして最初から私を脅さなかったんですか？　そうすればもっと簡単に手帳を取り戻せたかもしれないのに」

最初は知らなかったからですよ……。なんて言えないし。ここをうまくごまかせれば、今後雨宮先生の監視の目が厳しくなるのを少しは防げるか……。

俺はポケットに入れていたみずきの写真を取り出し、

「……だって、この写真のみずき、めちゃくちゃいい笑顔じゃないですか。こんな写真を持ち歩いてるってことは、本当にみずきのことが好きな人なんだなぁって……。だから正直、脅したりはしたくなかったんです……」

「手帳を取り戻すため、しかたなく、ということですか……《それにしては、本気でみずきお嬢様の前で出席簿を開く気満々だったように見えたんですが……》」

あー、あー、聞こえない、聞こえない。

「まぁ、いいでしょう……。それより、早く行かないといけないのでは？」

「あっ！　そうだった！　じゃあ、先生、手帳、拾ってくれてありがとうございます！」

「いえ……」

俺はそのまま教室を出て行こうとしたが、どうしても一言言っておきたくて、雨宮先生の方を振り返った。

「……あの、先生。最後に一つ、いいですか？」

「なんですか？」

「…………えー……その……。みずきが、誰かもわからない人に写真を撮られるのを嫌がってて……それであの……隠し撮りとかそういうのはやめてあげてほしいかなぁ、と……」

「……イヤガッテテ？」

「まぁ……そうですね……」

なぜ片言……。

雨宮先生は、カッと目を見開き、わなわなと震えて頭を抱えると、

「《わ、私としたことが！　みずきお嬢様に気持ち悪がられたくなくてこっそり隠し撮りをしていたのに！　そのことでみずきお嬢様を傷つけてしまっていたなんて！》」

突然、雨宮先生が出席簿をばさばさと振ると、その中から大量の写真が次々教室の床に舞い落ちた。

へぇ……。出席簿って案外鞄の代わりにもなるんだなぁ……。

その全てがみずきの写真で、どれも悲しいくらいいい笑顔である。

雨宮先生はその写真を全てかき集めると、

「に、二武君！　これをみずきお嬢——西園寺君に渡してください！　それで、こっそり写真を撮っていたストーカーとは話をつけたとかなんとか言って安心させてください！」

ストーカーの自覚あったのかよ……。

「で、でも、今は時間が……」

「今度でいいので！　必ず！」

「わ、わかりました……」

押しつけられた写真を、全て鞄の中に押し込んだ。

「それとわかってるとは思いますが、くれぐれも私のことは内緒にしてくださいよ！」

「それもわかってますよ……」

「絶対ですよ！」

「わかりましたって……」

教室から出て行くと、背後から「あっ。それと、手帳の中は見ない方がいいですよ！」

と声が聞こえてきた。

ほんと、手帳になに書いてるんだろう……。

教室を出ると、そこで大人しく待っていたみずきが、

「幸太？　終わったの？」

「あぁ、悪いな、外で待ってもらって。お前のおかげで無事、綾乃の手帳を返してもらえたよ」

「ボクのおかげ？　なにもしてないけど？」

「まぁまぁ。いいからいいから」

「ふーん。じゃあさぁ、一緒に帰ろうよっ」

「悪い！　今急いでるんだ！　また今度な！」

「えぇー、もー。またねー」

◇　◇　◇

学校から駅までの道中。

「やばい！　もう完全に遅れてる！」

綾乃の手帳を取り返し、ひたすら走りながら残り時間を計算するが、どうやっても十分

以上遅れることは確定していた。

「電話にも出ないし……向こうはどうなってるんだ……」

せっかく手帳を手に入れたっていうのに――

「――!?」

その途中、道端に落ちていた空き缶を踏んづけてしまい、俺は派手にアスファルトの地面に転がってしまった。

「いたたた……。くそ……。前も猫助けるためにこけたばっかりなのに……。って、あれ？　手帳がない！」

辺りを見渡すと、道路わきの溝に綾乃の手帳が落ちていて、俺は慌てて手帳のもとまで駆け寄った。

「あぶねぇ……。ここまで来て、転んで手帳なくしました、じゃ泣くに泣けないしな……ん？　あれ？　手帳のボタンが外れて中が…………………なっ!?　こ、これはっ!?」

◇　◇　◇

綾乃がいる椿坂ロンタノビルは、地上二十四階建てのオフィスビルで、外壁一面がぐるりとガラスで覆われている。

その最寄り駅に到着した電車から飛び降り、人混みを足早に駆け抜け、俺がそのビルにたどり着いたのは約束の時間を十分も過ぎた頃だった。

スマホで時刻を確認しながら、ビルの入り口まで走る。

くそっ。やっぱり間に合わなかったか……。トークショーはもう綾乃抜きで始まってるかもしれない……。

そんなことを考えていると、不意にビルの入り口の方から声をかけられた。

「二武幸太君？」

見ると、紫色の眼鏡をかけたスーツ姿の女性が立っていた。

この人はたしか、綾乃の家の前で花江さんと一緒にいた……。

「えっと……もしかして……」

「再子よ。霧切再子」

「あ、やっぱり……。どうも……」

軽いあいさつを済ますと、申し訳なさで思わず視線を逸らしてしまった。

「あの……すいません。遅れてしまって……。えっと……トークショーの方は……？」

「大丈夫よ。トークショーはまだ始まってないから」

「えっ？　そうなんですか？　でも、もう約束の時間を十分もすぎたのに……。もしかして、再子さんが開始時刻をさらに延期させてくれたんですか？」

そうたずねると、再子さんはため息を漏らしてふるふると首を横に振った。

「いえ、そうじゃないのよ。実は、あれのせいでトークショーの開始が遅れてるのよ」

「あれのせい？」

再子さんが指差したビルの中を見ると、数名の警備員が何十匹もの猫たちに囲まれて右往左往していた。

「……猫？」

「ええ、そう。あの猫たちがね、なぜかビル中を走り回ってて、今中はてんやわんやなの。まぁ、おかげでトークショーの開始が遅れて助かったけど、どこから来たのかしらね、あの猫たち」

まさか……猫姫様が？　あの人、遅れそうになってる俺のために、猫を使って時間稼ぎをしてくれたのか？

もう俺のことなんてどうでもいいって言ってたのに……。猫姫様……。

猫姫様のありがたさに感謝していると、警備員を囲んでいた猫の群れの一匹が俺の姿を捉え、ピクリと尻尾を伸ばした。そして、「にゃーお」と大きな声で鳴いたかと思うと、その鳴き声に呼応するように、ビルの至るところからぞろぞろと猫の大群が集まってきた。

うわぁ、すごい量だな。……って、あれ？　なんであいつら俺の方に向かって走ってくるの？　……え？　いや、ちょっと──

どうしてだかこちらへ突進してきた猫の大群は、目の前に来るや否や、俺の体にわらわらと飛びつき始めた。

「おい！　な、なにを！」

そのまま俺の体は猫たちに押し倒され、持っていた鞄がドサリと地面に落ちた。すると猫たちは、今度はその鞄にも群がり、小さな口を器用に使って鞄の中から俺の財布を取り出した。

「俺の財布が！」

そしてまたもや器用に財布を開くと、その中から数枚の紙幣を咥え取った。

「俺の金が！」

紙幣を手に入れた猫たちは満足したように鼻を鳴らし、そのまま大群を引き連れ、街の方へと消えた。

あぁ、なるほどぉ。猫姫様、これ有料サービスなんですねぇ。

最後に一匹だけ、見慣れた白い毛並みをした白夜が俺の横まで来ると、ぺこりと会釈をし、大群が消えた方に走って行った。

白夜……お前も頑張ってくれたんだな。

その一部始終を見ていた再子さんが、驚いたような声を漏らす。

「私、猫に強盗される人なんて初めて見たわ。案外迫力あったわね」

「楽しんでくれてなによりです……」

「それで、あなたがここに来たということは、もちろん持ってきてくれたのよね？」

俺がポケットに入れていた綾乃の手帳を渡すと、再子さんはそれの中身を確認しようとしてカバーのボタンに指をかけた。

「あっ！　ちょっと待ってください！　それ、綾乃が中身を見られるのを嫌がってたんです。だから中は見ずに、本人に直接渡してもらえませんか？」

というか、マジで見ない方がいいですよ……。

「……それもそうね。あ、そうだ。ついでにあなたも綾乃のところに来てくれる？　彼氏のあなたが一声かけてくれると、綾乃も大分落ち着くと思うから」

「……彼氏？」

「え？　そうでしょ？　だって綾乃、いつもあなたの話ばっかりしてるもの。スマホの待ち受けにあなたの姿もあったわよ？」

「へ、へぇ……。待ち受けに……」

　あいつちょっと不用心すぎない？

　だけど、そうか。再子さんが俺に電話をしてきた理由は、俺を綾乃の彼氏だと思っていたからだったのか。

「それより再子さん、俺、ちょっといろいろあって、今は綾乃に会えないんです」

「え？　どうして？」

　俺が綾乃の手帳を取り戻したなんて知られたら、綾乃の好感度が上がりそうだし……。猫姫様に忠告されてるから、できればそういう行動は避けたい……。

　あと万が一にも、俺が手帳の中身を見たなんてことがバレたら大変なことに……。

「とにかくだめなんです。だから、俺が手帳を持ってきたことは秘密に――」

　言いかけたところで、ビルの出入り口からふらっと人影が現れた。

「あ～、再子さぁん、こんなところにいたんですか～。捜しましたよぉ」

　それは紛れもなく綾乃だったが、その姿にいつもの覇気はなく、足元はフラフラとおぼつかなかった。

　加えて、スーツのスカートは前後逆になっていて、シャツのボタンは掛け違い、上に羽織っている上着は裏地が表になってしまっている。そしてさらに、どこから持ってきたのか、なぜか大きな壺を抱えていた。

綾乃は焦点の定まらない視線のまま、

「再子さぁん。この被り物、全然頭に入らないんです～。どうしましょう～《手帳～。私の手帳～》」

「落ち着きなさい、綾乃。それは被り物ではないわ。壺よ」

「壺ぉ？　壺ってなんのことですかぁ？《あんなの見られたら……私は……私は……》」

なるほど。重症だな。

再子さんが綾乃をトークショーに出さない決定をしたのも頷ける。

俺が逃げる間もなく、再子さんは持っていた手帳を綾乃に手渡した。

「ほら、綾乃！　あなたの手帳、彼氏が持ってきてくれたから！　しっかりしなさい！」

「ほえぇ～。手帳～？　……手帳？　手帳!?　私の手帳！」

綾乃は手帳を受け取ると、ぱっと抱えていた壺を地面に落としてしまった。それをギリギリのところで再子さんが受け止め、改めて俺の方を見て言った。

「ほら、あなたの彼氏に頼んだのよ」

「彼氏……？」

綾乃は俺と目が合うと、途端にいつも通りの鋭い目つきに様変わりした。

「あら？　幸太？　こんなところでなにしてるの？《わーい！　こうちゃんだ！》」

「あ、いや……」

変わり身早ぇ……。服はひどいままだけど……。

再子さんもいるし、さすがにごまかせないか……。なら、できるだけ好感度を上げないようにするしかないな。

俺の代わりに、再子さんが三度目の宣告をした。

「だからぁ、幸太君に頼んだんだってば、綾乃の手帳を持ってきてって！」

「幸太に？　どうして？」

「……綾乃が手帳をなくして混乱してるから、その状態ではトークショーにもサイン会にも出演させない予定だったのよ」

「えっ⁉　そんなの聞いてませんよ！」

「言えるわけないでしょー。だって、あなたずっとぼうっとしてたんだもの」

「ぼうっとなんてしてません！」

「……じゃあ、今の自分の恰好を見てみなさいよ」

「自分の恰好？　……ぎゃあ⁉　スカートが前後逆！　ボタンも掛け違い！　あ、これ裏が表になってる！」

「あと壺も持ってたわよ。ほら」

「それは私ではありません」

「あなたが持ってきたのよ……」

綾乃は自分がどんなヘンテコな姿をしているのかを自覚し、俺から見えないよう再子さんの陰に隠れた。

「で、でも……どうして幸太に？」

「あら？　だって、幸太君ってあなたの彼氏でしょ？　いつも彼のこと話してるじゃない」

「ばばばばば、馬鹿言わないでください！　話してません！」

「え？　話して――」

「ません！　記憶にございません！」

「そ、そうだったかしら……《え？　じゃあ、あのスマホの待ち受けはなんなの？》」

触れないであげてください。

綾乃はこそこそと再子さんの陰に隠れながら、こちらにひょっこりと顔を出した。

「ところで、私の手帳どこにあったの？」

「机の中に置きっ放しになってたぞ」

俺が雨宮先生から取り戻した、なんて言うと好感度が上がるかもしれないし、ここはそういう設定でいこう。

「机？　あれ？　廊下でぶつかられた時に落としたと思ったんだけど……。勘違いだったのかな？　《でもよかったぁ。誰にも手帳の中見られなく……て……。…………あれ？》」

綾乃はわなわなと肩を震わせて、

「えっと……聞きたいんだけど、その……私の手帳、幸太が持ってきてくれたのよね？」

「……あぁ。そうだけど？」

綾乃は自分のへんてこりんな服装を見られることなどお構いなしに、再子さんの陰から飛び出してくると、俺の両肩をガッチリと掴んだ。

「中身、見た……？」

目には涙が浮かんでいて、声も微かに震えている。

「見てない」

ほんとは見たけど……。

「嘘っ！　絶対見た！　見た見た見た！」

「見てないって！」

「あんなの見られたら生きていけない！」

「見てないから」

「お願い、見てないって言って！　見てないって言ってぇ！」

「だからさっきから言ってるだろ……」

取り乱す綾乃の後頭部を、再子さんが指でコツンと叩いた。

綾乃は叩かれたところをさすりながら、

「さ、再子さん？　なにするんですかぁ」

「いい加減落ち着きなさい、綾乃。幸太君は私が手帳の中身を確認しようとした時も、綾乃が見られるのを嫌がってたからって言って止めたのよ。そんなこと言う人が、自分で中を見たりするわけないでしょ」

「で、でもぉ……」

「でもじゃないの。あなたが一番幸太君のこと知ってるんでしょ？　だったら本当に見たかどうかくらい、きちんと判別しなさい」

綾乃は未だに目に涙を浮かべながら、恐る恐るこちらに向き直った。

「……ほんとに見てない？」

うっ。ざ、罪悪感が……。でも、俺だって見たくて見たわけじゃないし、あの手帳の中を俺が見たなんて言ったら、それこそサイン会に出られるような状態じゃなくなるぞ……。

ここは、嘘を貫き通す他ないよな。

「あぁ。見てないよ」

綾乃は視線を落とすと、考え込むように口元に手を寄せた。

「《こうちゃん、ほんとに見てないんだ……。だって、見てたらこんな冷静に話せるはずないもん》」

う〜ん……。あれはさすがに驚いたなぁ……というか……まぁ……うん。早く忘れてやろう。それが綾乃のためだ。

綾乃はようやく俺の言葉を信じたのか、うんうんと小さく頷いた。

そして腕時計で時間を確認した再子さんが、慌てて綾乃の手を引っ張った。

「悪いけど、もう時間がないわ。さ、まずは控室に行ってその服どうにかするわよ。それと幸太君、あなたも会場がある四階で待ってて。特別に立ち見で入れてあげるから」

「え？　あ、俺は……」

会場に来いって言われても……。俺がいると綾乃のプレッシャーになるんじゃ……。いや、でも、綾乃をこのまま放っておくのも心配だし……。う〜ん……。

◇　◇　◇

先に行ってしまった再子さんたちに遅れ、結局俺もトークショーを観るために四階を訪れた。しかしフロアは思ったよりも広く、気づいた頃には人気の少ない場所に迷い込んでいた。目の前の廊下を、『関係者以外立ち入り禁止』と書かれたサインが塞いでいる。

……あれ？　道間違えたか？　つーかこのビルでかいな……。

ちょうど近くを通りがかった二人の警備員が、俺の姿を見て近寄ってきた。

「そちらは立ち入り禁止ですけど、どうかしましたか？」

「……いや、道を間違えただけなんで、すぐに戻ります」

そこから少し離れると、二人の警備員はうんざりしたように言った。

「にしても……さっきの大量の猫はなんだったんだ……」

「まったくだ。いったいどこから入って来たんだか……」

猫のせいで駆り出されたビルの警備員か……。なんか申し訳ないな……。

えっと、とりあえず来た方向に戻るか……。

「ちょっと待ってください、先生！」

ん？　なんだ？

『関係者以外立ち入り禁止』と表記された廊下の奥から、誰かの声が聞こえてくる。そのまま廊下の奥をじっと見つめていると、突き当たりを左右に延びた左手側の廊下から、カツカツと早足で近づいてくる足音が聞こえてきた。

そしてその足音は廊下の突き当たりの角を曲がり、こちらに向かって進路を取った。

「突然帰るだなんて、いったいどうしてですか！　海藤先生！」

そこにいたのは、不安そうな顔をした花江さんと、その後ろで眉をつり上げている再子さんだった。

花江さんは背中を丸め、地面を睨(にら)みつけながら歩いてくる。

「……すいません……で、でも……私には、無理なんです……」

「そんな！　ここまで来て！　このトークショーだって立派な仕事なんですよ！　こんな土壇場(どたんば)でキャンセルなんてされたら……」

「……すいません……やっぱり……どうしても会えないんです……」

まさか……花江さん、このまま帰る気なのか……？

「花江さん、ちょっと待ってください！」

そう声をかけると、花江さんはハッと驚いたように顔を上げ、ようやく前方にいる俺を認識(にんしき)した。

「……こうちゃん？　あぁ……。あなたも来てたのね」

「帰るって……本気ですか？」

「……ごめんなさい。でも……きっと、それがあの子にとって、一番いいことだと思うの」

「……いいこと？」

この人は……なにを言っているんだ？

花江さんの後ろで、再子さんが困ったように言う。

「海藤先生、お願いします。もう一度考え直してください。……先生も気づいているでしょう？　あの子の文章は、明らかに海藤先生を意識したものになっています。ですがそれは、あの子の作るストーリーと合っていない。……あの子もそれを自覚していて、何度も直そうとしたらしいのですが……小説を書いているとどうしてもあなたを思い出して、自分の文章が書けないそうです……。こんな状態のままこの先も小説を書き続けてしまったら、あの子は、海藤一花の幻影に押しつぶされて、いつか必ず書けなくなる……」

「……それは……綾乃自身が解決しなくちゃいけない問題で……私にはどうすることもできませんよ……」

「一度でいい！　一度でいいですから、お願いです……綾乃と話をしてください。そしたら……綾乃の中でなにかが変わるかもしれない……海藤一花の呪縛から、逃れられるかもしれない……」

「…………私には、無理なんです」

花江さんは俺を一瞥（いちべつ）すると、申し訳なさそうに踵（きびす）を返した。

「……たしか、こっちに非常口がありましたよね」

花江さんはそう小声でたずねたが、再子さんは答えず、ただ黙（だま）ってその背中を追った。

……冗談（じょうだん）じゃない。

この人は、どこまで自分勝手なんだ。

「ふざけんな！」

俺がそう叫（さけ）ぶと、花江さんも、再子さんも、両脇（りょうわき）にいた二人の警備員も、ぎょっとした顔をこちらに向けた。

花江さんは足を止め、

「……こう……ちゃん？」

「ふざけんなよ！　あんた、どこまで自分勝手なんだ！　会ってやれよ！　話してやれよ！　あんたの娘（むすめ）だろ！」

「……それは……できないわ……」

「どうして！」

「…………《私にはもう……その資格がないのよ……》」

それが花江さんの心の声だということはわかっていた。

けれど、言わずにはいられなかった。

「娘に会う資格がないとか、そんなこと勝手に決めつけてんじゃねぇよ！」

花江さんが、ぎょっとした顔でこちらを見やる。

「ど、どうしてそれを――」

花江さんの問いには答えず、思っていることを言い続けた。

「小説のためだとかいうわけわかんねぇ理由で母親に捨てられて、それから一度も連絡すらもらえなくて……。でもあいつは！　たったの一度だって、あんたのことを憎んだりはしなかった！　いつもあんたのことを考えてた！　あんたのことが知りたくて小説を書き続けた！　その気持ちを……。俺の大切な幼馴染の気持ちを！　親だからってだけで踏みにじってんじゃねぇよ！」

俺の言葉を聞き終えた花江さんは、悲しそうにうつむいた。

「……………ごめんね、こうちゃん。それでも、綾乃には会えない。それが、家族を捨てた私にできる、せめてものことだから」

ここまで言っても……届かないのか。

考えろ。説得するには、今しかない。

ここで帰られたら、綾乃が花江さんと話す機会は二度とないかもしれない。

でも、俺がいくら綾乃の気持ちを代弁したところで、花江さんの心には響かない。

花江さんはもうこちらを振り向きもしないで、そのまま廊下を進み、角を曲がって見えなくなり、再子さんもそのあとを追った。

スマホで綾乃を呼び出してももう間に合わない。そもそも、綾乃を呼び出したところで、今の状態の花江さんが黙って話を聞くとは思えない。

なにか……。なにか、花江さんの興味を引けるもの。

そして、花江さんが、綾乃と話したくなるような……。

…………。

……そうか。……あれだ。あれならきっと！

「花江さん！　ちょっと、見てほしいものが！」

そう言って廊下を進もうとしたが、両脇にいた警備員に行く手を塞がれてしまった。

「ちょっと、君！　ここから先は関係者以外立ち入り禁止だよ！」

「いや、あの、知り合いなんです！」

「じゃあ、許可証は？」

「持ってません……けど、すぐ済みますから！　お願いします！　入れてください！」

「だめだだめだ！」

くそっ！　時間がないのに！

先に下に行って待ち伏せするか？　……いや、このビルの構造に詳しくない俺だと、花江さんが向かった非常口がどこに繋がっているかわからない。それで間違えた場所で待ち伏せなんてしたら終わりだ……。

今ならその廊下の奥、角を曲がったところにいるはずなんだ。

……だったらここは――突破するしかないだろ。

俺は一旦二人の警備員から離れ、諦めたフリをして距離をとり、こっそりと鞄のチャックを開いた。

一瞬だ。たった一瞬、隙を作れば突破できる。

俺は鞄を脇に抱え、意を決して二人の警備員の間を狙って走り出した。

無論、少し離れて諦めたフリをしたところで、警備員の警戒の手が緩むはずもなく、二人は俺の行く手に立ちふさがった。

その瞬間、俺はあらかじめチャックを開けておいた鞄を、豪快に横一線に薙ぎ払った。

すると、雨宮先生から無理やり押しつけられたみずきの写真が大量に舞い上がり、警備員たちの視界を塞いだ。

「うおっ⁉　なんだこりゃ⁉　写真⁉」

悪い、みずき！　あとで全部回収するから許せ！

警備員が怯んだ隙を見逃さず、スライディングで間を通り抜ける。

「こら！　待て！」

背後から二人の警備員が追ってくる気配がするが、振り返っている暇はない。

廊下の突き当たりまで到達し、花江さんと再子さんが消えた曲がり角へ走り出す。その先も廊下が延びているが、二人の姿はない。

廊下の突き当たり、その上部に、左に非常階段があることを示す案内板が設置されている。

あっちか！

「待て！　おい！」

さっきよりも警備員の声が近い。もうすぐそこまで迫っている。

後ろは気にするな！　今は走れ！　走って、これを届けるんだ！

案内板に従って角を曲がると、少し離れたところに花江さんと再子さんがいた。けれど、別の角を曲がって視界から消えてしまうところだった。

「花江さん！　花江さんに見てほしいものがあるんです！」

二人に向かって声を出したつもりだったが、息が上がっていて思うように喋れない。二人は俺には気づかず、そのまま角を曲がってしまった。

くそっ！　あの角まで行ければ！

直後、追いかけて来ていた警備員の一人が俺に向かって飛びかかってきたが、それを紙一重のところで回避し、もう一度走り出した。

そして、ちょうど二人が曲がった角に差し掛かったところで、俺は警備員の手によって床に押しつけられてしまった。

「捕まえたぞ！　手こずらせやがって！」

床に顔を押しつけられながら、視界の先で、再子さんと花江さんがこちらを振り返っているのがわかった。

再子さんがぎょっと目を見開き、こちらに駆け寄ってくる。

「幸太君⁉　ちょっと大丈夫⁉　……というか、なにしてるの？」

「あの……その前に、これ、どうにかしてもらっていいですか？」

再子さんが警備員に俺が関係者であると説明してくれると、二人の警備員は納得がいかないというような顔をしながらしぶしぶ立ち去った。

「それで？　追いかけてきたりしてどうしたの？」

「あの……花江さんに、渡したいものがあって……」

「渡したいもの？」

再子さんの少し奥で、花江さんが首を傾げている。

「私に？」

「はい……。あの、これを読んでくれませんか？」

あらかじめ鞄から取り出し、手に持っていた一冊のノートを花江さんに手渡した。

それは、綾乃と再会したあの日から、綾乃に返そうと思ってずっと鞄の中に入れていたノートだった。だが、あの日の出来事を謝る勇気が持てなくて、そのまま入れっぱなしになっていた。

「このノートは？」

「それは綾乃が小学生の頃、小説を書くのに使っていたノートです」

「小学生の頃？　綾乃は、そんな小さい頃から小説を書いていたの？」

「綾乃が小説を書き始めたのは、花江さんが家を出て行ってすぐでした」

「………………」

「そのノートの最後に、『二匹の龍』という短編があるんです。それを、花江さんにも読んでほしくて……」

その小説は、小学生の頃、俺が最後に読んだ綾乃の小説で、俺が綾乃を傷つけてしまっ

たきっかけになった小説でもあった。

「どうして、私に？」

「読めばわかります」

花江さんはこちらを一瞥するが、そのまま黙ってノートに書かれた文字に目を落とし、まるで漫画でも読んでいるように、パラパラとページをめくった。

小学生の頃の綾乃が書いた短編小説、『二匹の龍』は、どこかの山奥でひっそりと暮らす、青色の龍と赤色の龍の話で、ある日、青龍が目を覚ますと、赤龍が消えていて、その赤龍を青龍が捜しに行くという物語だった。

始まりから終わりまで、青龍の不安や葛藤ばかりが並び、読者の目を引くような展開はまったくない。最後はなんのオチもなく、青龍と赤龍が再会を果たし、また以前のように二人で幸せに暮らすようになるだけ。

当時の俺はこの小説を読んで、ここに登場する二匹の龍が、綾乃と花江さんを示唆しているのだと気づいたが、そこに小説としてのおもしろさを見出すことはできなかった。

現実では離れ離れになっている二人が、小説の中では見事再会し、幸せを取り戻す。そこに物語なんて存在しない。ただ、願望が小説の体を成しているだけ。

だが、紛れもない綾乃自身の言葉で綴られた、できそこないとも言えるその小説には、母に対する愛情が満ち溢れていた。

きっとこの小説は、この世でたった一人、花江さんだけに向けて書かれたものなのだろう。

小説を読み終えたのか、花江さんはパタンとノートを閉じると、うんと深いため息をついた。

時折、ぶつ切りになった心の声が聞こえてくるが、頭の中で整理しきれていないのか、なんと言っているのかは判然としなかった。

「それを読んだのならわかるでしょう？　綾乃がどれだけ、あなたのことを想っているか」

「…………」

「綾乃に会う資格がないだとかそんなことを言う前に、綾乃のことを考えてあげてください」

「…………」

「だって、綾乃の母親はあなた一人だけなんですから」

花江さんはとぼとぼと俺の方に歩いてくると、持っていたノートを俺に手渡し、微かに震える声で答えた。

「……綾乃に会わないことが、あの子を捨てた私にできる、唯一の贖罪だと思ってた……。

でも、違ったのかもしれないわね」

花江さんはそのまま再子さんの方へ歩き出すと、

「お手間を取らせてすいませんでした……。トークショーに出て……きちんと綾乃と話をします」

「ほ、本当ですか！　ありがとうございます！　では、もう時間がないので、急いでこちらへ！」

そう言って、再子さんが花江さんを連れ出そうとした時、廊下の奥からひっそりと声が届いた。

「《ありがとう、こうちゃん》」

今の……綾乃の心の声？

声がした方向を見ると、曲がり角に消えて行く綾乃らしき後ろ姿があった。

綾乃の奴、隠れて見てたのか……。

「幸太君！　あなたも急いだ方がいいわよ！」

再子さんにそう促されて、俺も足早に会場へ向かった。

◇　◇　◇

椿坂ロンタノビル四階。トークショー会場特別第三会議室。

俺はその一番後ろ、出入り口付近で、鞄の中にあるみずきの写真を確認していた。

「……たぶん、全部回収できたよな」

この写真、一人で集めるの恥ずかしかったなぁ……。

会場内にはいくつも椅子が用意してあって、そこにぎっしりと人が座っている。奥は舞台になっていて、こちらには椅子が左右に二つずつ置いてあった。大御所と新人のトークショーというくらいだから、それぞれ大御所と新人で分かれて座るのだろう。

それから五分もせず、司会を務める女性が前に出てくると、あれやこれやと前口上を垂れ流し、四人の作家の入場を促した。

舞台横の扉から、花江さんを皮切りに次々と女性が現れ、最後に綾乃も姿を現した。

司会の女性の誘導で、花江さんは一番左手の席に、次いでそのとなりにはどこにでもいそうな特徴のない女性が座り、少し距離を空け、新人のために用意された椅子に、ゴスロリ姿の少女と綾乃が座った。

「あれ？　そう言えば綾乃、被り物するって言ってなかったっけ？　普通に顔出てるけど、いいのか……？」

「綾乃が言ったのよ。顔を出してトークショーに出たいってね」

となりを見ると、いつの間にか再子さんが立っていた。

「綾乃が？　大丈夫なんですか？」

「会場内は撮影禁止だし、綾乃がいいなら別に構わないわ」

「へぇ。そういうものなんですね」

再子さんが、「それと……」と俺に視線を向ける。

「……助かったわ。海藤先生を説得してくれて」

「俺は別になにも……。ただ、綾乃が書いた小説を見せただけですし……」

「謙遜しなくてもいいわ。私はこれまで何度も、海藤先生に綾乃と話をしてくれるよう頼んだけど、断られ続けた。それでも綾乃のためにいろいろ裏から手を回して、どうにかこのトークショーにこぎつけたんだけど、それも寸前になってだめになるところだった」

「そう言えばさっき、花江さんに言ってましたよね？　綾乃の小説の文章が、花江さんと似てるとか」

「……あの子がどうして小説を書いてるのか、聞いたことある？」

「たしか、花江さんが家族を捨ててまで小説を書き続ける理由が知りたいから、とか、昔は言ってましたけど」

「ええ、そう……。でも、その理由にこだわり過ぎるあまり、あの子の文章は完全に海藤一花を意識したものになってしまっている……。でも、それじゃあだめなのよ。綾乃には、間違いなく小説を書く才能が備わっている。けど、海藤一花を追いかけている今の状態では、その才能がこれ以上育つことはない」

初めて再子さんと会った時、このままじゃ綾乃がだめになるかもしれない、とか言ってたのはそのことだったのか。

「それが、花江さんと話をすることで解消されると？」

「……正直わからないわ。でも綾乃のためになるのなら、どんなことでもしてあげたいの」

ちょうど俺たちの会話が途切れた頃、司会者が花江さんにたずねた。

「――ではでは！　次の質問です！　海藤先生はどうして小説を書かれているんですか？　また、書き続けられる秘訣などあれば、未来ある新人作家のお二人にぜひともご教授を！」

話を振られた花江さんは、マイクを握りなおし、床を見つめながら淡々と言葉を紡いだ。

「……私は昔から、あまり器用な方ではなく、人づき合いも苦手で、ずっと一人でした。……だからその孤独を紛らわせるために、小説を書き始めました。……いつしかその小説が評価されて、お金がもらえるようになりました。……そしたら、少し自分に自信が持てるようになって、そんな自分を認めてくれる人に出会って、結婚して、娘が生まれました」

花江さんから一番遠い席に座っていた綾乃が、わずかに身じろぎをした。

花江さんは続ける。

「……それからは家族三人での生活が始まりました。……娘の成長を見るのは楽しかった。自分を愛してくれる家族がいることが嬉しかった。まるで夢のように、毎日が過ぎていきました。……でも、私は知らなかったんです。……私が、孤独の中でしか小説を書けないということを」

司会者すら静まり返った場内に、ただただ花江さんの言葉だけが響く。

「……私は、小説を書くことしかできません。……小説を書くことが、私が私であることを証明する唯一の方法なんです。……だから私は、家族を捨てる道を選びました。……再び孤独に身を置くことで、もう一度小説が書けるようになると信じていたんです。……実際、その通りでした。……孤独であるからこそ、私は小説を書き続けられるんです」

しばらくの間沈黙が続くと、司会者は気まずそうに声を伸ばした。

「……えーっと……。いやぁ、やはりあの海藤先生ともなると、プロ意識が高いというか、私のような凡人の理解の範疇を超えているというか……。とにかくとても印象深いお話でしたね！　え、えっと、では次の——」

司会者が話題を変えようとした時、そこに大音量の音声が割り込んだ。

「冗談じゃない！」

声の主は、綾乃だった。

全員の視線が、綾乃に釘づけになる。

「……私はずっと……自分が捨てられたのには、なにか特別なわけがあるんだと思ってた。その理由が知りたくて、今までずっと小説を書き続けた……」

となりにいた再子さんが、「できれば綾乃が海藤一花の娘だということは隠したかったんだけど……しかたないわね」と悔しそうに独り言を漏らした。

綾乃は続ける。

「それがなに？　孤独じゃないと小説が書けないから家族を捨てた？　笑わせないでよ！」

会場に集まった人たちが、ざわざわと小声で話し始める。

「海藤一花の娘って、もしかして詩仁竹子なの？」「そんな話聞いたことないけど……」「どうして今まで黙ってたんだろう？」「でも、小説のために家族捨てたって、本当だったら酷くね？」

司会者があわあわと混乱する中、綾乃は椅子から立ち上がり、前のめりになって声を張った。

「どうして！　どうして、小説を捨てて家族を選ばなかったのよ！」

キィンというマイクの音割れのあとに、花江さんの力ない声がポツリと届く。

「……ごめんね、綾乃。……でも、私にとって、小説は全てなの」

「じゃあ、私たち家族は、あなたにとってのなんなのよ！」

「それは……」

はぁはぁと興奮気味に肩で息をする綾乃は、キッと花江さんを睨みつけた。

「小説を書くことは、家族を捨ててまで選ぶようなことじゃない。それを、私が教えてあげる。あなたよりもおもしろい小説を書いて、あなたのやり方が間違ってたって思い知らせてあげる」

綾乃は最後に、声を震わせながら、ぽろぽろと涙を流して言った。

「だから……だからもう……私から逃げないでよ、お母さん」

花江さんはなにかを言い返そうとしたが、それをぐっと呑み込み、黙り込んだ。代わりに、綾乃と同じように、ぽろぽろと涙をこぼした。

◇　◇　◇

つつがなく、とはいかなかったが、なんとかトークショーを終えた会場は、今度は新人作家二人のためのサイン会へと様変わりしていた。さっきまで会場にいたベテラン作家陣は、仕事の都合か、すでにそこにはいなかった。

トークショーが行われている最中、新人作家二人のサイン欲しさに、廊下には人だかりができていて、トークショーを観終わった俺も、その列の一番前に陣取った。

時間が押していて急いでいるのか、五分もせずに会場の準備が整い、ファンの列が中へ入ることを許された。

これ何人くらいいるんだろう……。やっぱり恋愛小説のファンって女の人が多いんだなぁ。

さっきはパイプ椅子が並べられていた観覧席に、今度は机が二つ置かれ、そこにそれぞれ、クマの被り物をした綾乃と、さっき綾乃のとなりにいたゴスロリ少女が座っていた。

綾乃の目の前まで行くと、鞄の中に入れていた『海岸線で君想う時』を取り出し、綾乃に手渡した。

「で、なんで今更被り物なんかしてるんだ？」

綾乃はサインを書きながら、

「……だって、顔出すの、恥ずかしいんだもん」

「さっき散々舞台の上で啖呵切ってたじゃねぇか」

「……ひ、人違いです」

「じゃあお前はいったい誰なんだよ……」

綾乃は書き終わったサイン本を俺に渡すと、スッと手を差し出してきた。

それに倣って俺も手を伸ばし、握手をした。

「私の本を読んでくれてありがとう。これからもよろしくね」

「……あぁ。楽しみにしてるよ」

綾乃は小声で、

「それと、お母さんを説得してくれてありがとう」

被り物で顔は見えなかったけど、綾乃がその奥でにっこりと微笑んでいるのがわかった。

◇　◇　◇

事前に再子さんから聞いていた綾乃の控室の前の廊下。

サイン会が始まってもう二十分が経とうとしていた。

……にしても、やっぱり猫姫様の勘は当たってたな。

結局手帳を持ってきたことも、花江さんを説得したことも綾乃にはバレたし、綾乃の俺に対する好感度がうなぎのぼりだ……。これがきっかけで綾乃から告白される、なんてことはない……と思いたいけど。う～ん……。

廊下の壁を背にして物思いにふけっていると、目の前で一人の女性が立ち止まった。

視線を上げると、そこには花江さんがいた。

「あ……。えっと……」

咄嗟になにを話せばいいのかわからなくなって言い淀むと、花江さんの方から話しかけてきた。

「……こうちゃんの言う通り……あの子と話をしてよかったわ」

「そうですか……」

「……これからも、綾乃のことをよろしくね」

「は、はい……」

「…………」

「…………」

気まずっ！

花江さんをトークショーに出すためにいろいろ言ったからなぁ……。

花江さんも同じような空気を感じたのか「……じゃあね、こうちゃん」とそそくさと廊下を歩き出した。

ちょうどその時、向こうからサイン会を終えた綾乃が近づいてきた。それに気づいた花江さんは立ち止まり、一瞬方向転換（てんかん）をしようとして、結局綾乃の方へ歩き出した。

そしてすれ違いざま、

「またね、綾乃」

とだけ言うと、綾乃も、

「またね、お母さん」

とだけ返した。

それは、なんのことはない、ほんの些細（ささい）なやりとりだったが、きっとこの二人はいつか、また家族に戻（もど）れるのだろうと俺は確信した。

だって、心の声が聞こえる俺が言うんだ。間違いない。

最終章『ただし、命の保証はできません』

放課後。教室。

前の席で帰り支度をしているみずきが、空席になっている綾乃の席を示した。

「夢見ヶ崎さん、今日はお休みだったね」

「だな」

昨日、綾乃はトークショーで気を張りすぎたせいか、家に帰るなり体調を崩してしまったらしい。

みずきは不満そうに口を尖がらせて、

「それで、結局昨日のあれはなんだったの？」

「昨日のあれ？」

「ほらっ！　昨日、雨宮先生から返してもらった夢見ヶ崎さんの手帳の件！　わざわざボクに放送までさせて、あれなんだったの？《あとで百合さんに聞いてもなにも教えてくれないし……》」

一から説明してやりたいけど、綾乃が詩仁竹子のペンネームで小説を書いてるってことは口止めされてるし……。それに『詩仁竹子』と『二武幸太』がアナグラムだってことを知ってるみずきにそのことを知られると、余計面倒くさいことになりそうだし……。

「う～ん……。まぁ、いろいろ？」

「いろいろ？」

「とにかく助かった。本当にありがとう」

「ふん！　……まぁなんでもいいや。その代わり、今日はお礼にハンバーガーおごってもらうからね！」

「おう。いくらでもおごってやるよ」

すると、ポケットに入れていたスマホがブルブルと振動した。

ん？　結奈かな？

……あれ？　俺、スマホが鳴ったらとりあえず結奈だと思うのクセになってね？　それってなんかすげぇ悲しいんだけど……。

スマホを取り出すと、着信を知らせる表示がされていて、そこにはデカデカと『夢見ヶ崎綾乃』の文字が浮かんでいた。

また再子さん……なわけないよな。なんだろう……。出たくないなぁ……。けど、無視したらあとが怖いし……。

「ちょっと電話出てもいいか？」

「どーぞー」

みずきから少し離れた場所に移動し、通話ボタンをタップしてスマホを耳に当てる。

「……もしもし」

『ひゃ!?』

「…………おーい」

『あ、えと、幸太？』

「おー。どうしたー？　体は大丈夫かー？」

『ええ。かなりマシになってきたわ。それで、あの……私、まだ昨日のこと、きちんとお礼を言ってなかったから』

「あー。いいっていいって」

『いいえ、そういうわけにはいかないわ。私、本当に感謝してるのよ』

「わかったわかった」

『だから……きちんとお礼を言いたいから、今から私の家まで来てくれるかしら？』

なぜそうなる……。

「いやいや、いいって！　もう十分伝わったから！」

『だめよ。それじゃあ私の気が済まないもの』

「気が済まないって言われても……」

　さすがに綾乃は弱ってるし、告白されることはないだろうけど……。最近散々好感度上げまくったから、二人きりになるのはちょっと怖いなぁ……。

『もしも来てくれないなら、私がこれからあなたの家に行くわ』

「なんでだよ！」

『そして感謝の思いを込めて、玄関の前で三時間土下座するわ』

「嫌がらせか！」

『じゃあ、来てくれるわね？』

　脅迫じゃねえか……。

「……わかったよ。行くよ。だからとりあえずお前は寝てろ。まだ体調悪いんだろ」

『ええ。じゃあ、横になって待ってるから。早く来てね』

　……どうしてこんなことに。

　やっぱり、猫姫様の忠告を無視したせいか……？

　電話を切ると、みずきがこてんと首を傾げた。

「結奈ちゃんから？」

こいつもか……。かわいい顔して俺をぼっち扱いしやがって……。

「違う……。つーか悪い。用事できたわ」

「えー！　ハンバーガーは⁉」

「また今度な。すまん」

「もー！」

そのままみずきと別れて教室を出ると、廊下にいた雨宮先生とぶつかりそうになり、寸前で体を捻ってそれをかわした。

雨宮先生がむっとした様子でこちらを睨む。

「ちょっと二武君。しっかり前を向いて歩かないと危ないですよ」

「す、すいません……」

雨宮先生は注意深く周囲を見渡すと、口元に手を添え、囁き声でたずねた。

「それと……あれ、ちゃんと西園寺君に渡してくれましたか？」

あれ？　あぁ、あの写真か……。しまった……。今日これから遊びに行く予定だったから、その時渡そうと思ってたんだよな……。

今からみずきに写真を渡してこいとか言われたら時間かかりそうだし……。

「すいません、先生。その話はまた今度で。今は用事があるので帰ります。それじゃ！」

「あっ！　ちょっと二武君！　まだあなたに頼みたいことが……もうっ」

◇　◇　◇

綾乃の家の前に到着し、チャイムを鳴らそうとすると、中から声が聞こえてきた。

「《あっ！　こうちゃん、ほんとに来てくれた！　やったぁ！》」

寝てろよ！

呆れつつもチャイムを鳴らすと、ピンポンと軽い音が周囲に響いた。

……。

…………。

…………。

ガチャ。

「あら、幸太。いらっしゃい」

チャイムの音を聞いて部屋からやってくる時間を演出しなくていいから。お前が扉の向こうで待ち構えてたことは知ってるから。

「おー……って、おいおい。顔真っ赤じゃねぇか。もしかして熱もあるのか？」

綾乃はパジャマ姿にカーディガンを羽織っていて、額には冷却シートを貼っている。頬はほんのりと赤らんでいて、首元に滲んだ汗で髪の毛がぴったりとくっついていた。

「ええ、疲労で少しね……。でも、大丈夫よ《ふふふ。こうちゃんが私のこと心配してくれてる。嬉しい……。けど……ずっとここで待ってたからほんとにちょっと調子悪くなってきたかも》」

馬鹿なのかな？

「とにかく部屋に戻って寝ろ。話があるならそこで聞くから」

「そうね《こうちゃんがこの家に来るなんて初めてっ。なにして遊ぼうかなぁ》」

馬鹿なんだな。

玄関を過ぎ、廊下に踏み出してすぐ右手に、二階へ続く階段がある。そこを上がるとまた廊下があり、その一番手前に綾乃の部屋があった。

部屋に入るとまず目に飛び込んでくるのは、その異様とも思える書物の数だった。小学生の頃は漫画もそれなりに持っていたはずだが、今はほとんど小説しか本棚に並べられていない。しかも本棚は、窓がある正面の壁以外、すべてを覆い尽くしている。

そのせいか部屋全体がこぢんまりとしているように見えるが、本以外には学校関連の物くらいしか見当たらず、そこまで狭苦しい感じはしなかった。

ベッドの脇には洗面器が置いてあり、そこには白い布と、湯気が立つお湯が張ってあった。おそらく、これで体の汗でも拭っていたのだろう。

「ちょっと、あまりじろじろ見ないでよ」

「あ、悪い……」

綾乃が右手にあったベッドに腰かけたのに倣い、俺は窓の横に置いてある勉強机の椅子を拝借した。

背もたれに体重を乗せると、ぎしりと音を立てる。

「《すごい……。こうちゃんが家に来てくれた……。夢みたい！》」

そんなに喜ばれると恥ずかしいんですけど……。

「やっぱり、小説めちゃくちゃ持ってるんだな」

「まぁね。読むのも勉強だから」

「……綾乃……実は俺、先に綾乃に言わなきゃいけないことが――」

そこまで言ったところで、綾乃が辛そうに頭を抱えているのに気がついた。

「大丈夫か？　やっぱり今日は帰った方がいいか？」

「い、いえ、大丈夫よ」

「じゃあ、とにかく横になっとけ。話なら寝ながらでもできるだろ」

「……ええ。言う通りにする……。だから、幸太ももう少し近くに来てくれるかしら？」

そうして綾乃はベッドに横になり、俺はそのベッドを背もたれ代わりにして床に座った。

ここまで体調が悪かったら、やっぱり告白されるなんてことはなさそうだな。それに猫姫様の話では、告白される十秒前に必ずカウントダウンが表示されるって言ってたし、それを見逃さないようにさえしていれば安全……なはず。

いざとなればそこの窓から飛び出して逃げよう。部屋にゴキブリが！　とか言っとけばそこまで好感度を下げ過ぎなくて済むはずだ。多少幻滅はされるだろうけど……。

「手帳……」

背後から、綾乃のか細い声が聞こえてくる。

「ん？　なんか言ったか？」

「手帳、持ってきてくれてありがとう」

「あぁ、昨日の話か。いいよ。気にするな」

「……あの手帳の中身、ほんとに誰にも見られたくなかったの……。でも、小説を書くのに必要なもので、どうしても持ってなくちゃいけなくて……」

……あれが小説を書くのに必要なのか？

「大変なんだなぁ、小説家も」

「……あの中、ほんとに見てない？」

「見てないって。またその話繰り返すのか？」

本当は手帳を落とした時、偶然見ちゃったけど……。

「それより、トークショーであんなこと言って大丈夫だったのか？　出版社のお偉いさんとか来てたって聞いたけど」

「問題ないわ。再子さんの話だと、私が海藤一花の娘だと知って逆に喜んでたって」

「……へぇ。そうなのか」

だったら最初から言っておけばよかったのに……。それとも、綾乃が海藤一花の娘だということは、そこまでして秘密にしておきたかったってことなのか？

俺の疑問を他所に、綾乃はぼそりと言った。

「……それと、お母さんのこと、説得してくれてありがとう」

「あれは……ただ、お前の気持ちを伝えただけだ。俺はなにもしてないよ」

「私の気持ち？」

俺は自分の鞄の中から一冊のノートを取り出し、それを綾乃に見せた。

「それ……もしかして、私が小学生の時使ってたノート？」

俺の脳裏にははっきりとあの日の出来事が浮かび上がった。俺が綾乃に辛辣な言葉を浴びせてしまった、あの日の出来事が。

何度も謝ろうとしたが、勇気が持てず、今日までずっと先延ばしにしてきた。

「そうだ。……これ、ずっと綾乃に返そうと思って鞄に入れてたんだけど……。悪い。勝手に花江さんに見せちまった」

「……そっか。お母さん、あの小説を読んだのね」

俺は背もたれにしていたベッドから離れ、綾乃に向き直り、頭を下げた。

「綾乃。……小学生の時……綾乃を傷つけるようなことを言って、本当に悪かった」

すると綾乃は、逆に申し訳なさそうな顔をして首を横に振った。

「ううん……。謝るのは私の方だよ……」

「……え？」

「実はね、その小説がおもしろくないって、私知ってたの」

「……は？」

「書いてる途中で気づいちゃったのよ。この小説、全然おもしろくないなぁって」

「え？　い、いや、でも、俺がおもしろくないって言ったら、ショックを受けて、教室から出て行ったよな？」

「もちろんショックだったわ。いつも私の小説を楽しそうに読んでくれてる幸太に、そんなこと言わせちゃったって……。でもね、私それ以上に嬉しかったの」

「嬉しかった？　おもしろくないって言われて、嬉しかったっていうのか？」

「ええ。だって、そのおもしろくない小説を読んで、きちんとおもしろくないって言ってくれたの、幸太だけだったんだもの。……他のみんなはそれを読んでも、いつものように私を褒めてくれた。おもしろかったよ、また次も頑張って、楽しみにしてるから。そんな、いつもと変わらない褒め言葉を言ってくれた。……それが、私には耐えられなかった。……みんな、私の小説を読んでるフリをしてるだけだった。全然、私の小説を楽しんでくれていなかったって、わかっちゃったから」

綾乃はベッドの上でゆっくりと体を起こし、こちらに向き直った。

綾乃の透き通った声が、部屋に響く。

「だけど、幸太は違った。幸太は、あの小説がおもしろくないって気づいてくれた。私、幸太に小説を読んでもらったあの時、本当は不安で不安でどうしようもなかった……。幸太まで、私の小説を読んでくれてなかったらどうしよう……。幸太まで、この小説をおもしろいって言ったらどうしようって……。だけど幸太は！　……幸太だけは、私の小説を真正面から受け止めてくれた。……だ、だから、あの時からずっと、言いたかったことがあるの」

綾乃の涙で滲んだ瞳に、俺の姿が映り込む。

「幸太、私の小説を読んでくれて、ありがとう《あの時から私は、こうちゃんのことが大好きになったんだよ》」

その赤らんだ頬に染まった懐かしい笑顔は、紛れもなく、俺の幼馴染のものだった。失ってしまったと思っていた、俺が壊してしまったと思っていた、あの大切な笑顔だった。

ずっと不思議だった。どうして、綾乃は俺なんかを好きになってくれたのかと。

俺は咄嗟に綾乃に背中を向けてしまった。

綾乃が俺を好きでいてくれたことが嬉しくて、どうしようもなく不格好に緩んでしまった口元を見られたくなかったからだ。

けれど、これ以上の長居はできなかった。さすがにここまで雰囲気が整うと、いつ告白されてもおかしくない。

俺をこんなに想ってくれる綾乃のためにも、今は生きることを最優先に考えるべきだ。

「綾乃の気持ちはよくわかったよ。でも悪い。もう時間だ。俺はこの辺で帰らせ――ん？」

見ると、綾乃はもぞもぞとベッドの中へ戻っていき、辛そうに唸り声を漏らした。

「うぅ……《あぁ……言いたいこと言ったら……体調が……》」

「お、おい！　大丈夫か！」

心配になって近寄ると、ピンと服の裾が引っ張られる感触を覚え、目線を下げてそちらを確認した。するとどういうわけか、布団の中から綾乃の手が伸びていて、俺の服をがっちりと掴んでいた。

「あ、あの……綾乃さん？」

「もう少し……ここにいてほしいなぁ」

え？　なにその甘えた声。

「いや……そう言われても……」

「帰っちゃ……やだぁ……うぅ……」

泣いた⁉

「あ、綾乃、さん……？」

「帰っちゃやだぁ……」

この感じ……いつも聞いてる綾乃の心の声と同じ喋り方だ。体調が悪くなってそっちの性格が出てきたのか？

「こうちゃ～ん、帰らないでぇ」

「わかったわかった。だから服を引っ張るな」

「わーい。こうちゃんと一緒だぁ」

さっきから心の声がまったく聞こえてこない……。これ、マジでなんにも考えてねぇな。

だからこそ、ついポロッと告白されそうでめちゃくちゃ怖いんですけど……。

……うん。窓から逃げる準備をしておこう！　そしてそのあとは心の声が聞こえる領域外まで一気にダッシュして、離れた場所でほとぼりがさめるのを待てば、再び心の声の範囲内に戻っても頭痛で死ぬことはない……はず。たぶん……。きっと……。

「ねぇ、こうちゃーん」

改めてその呼び方されると照れくさいな……。

「な、なんだ綾乃？　眠たくなったか？　子守歌でも歌ってやろうか？　ん？」

「汗……かいちゃった」

「そうかそうか。汗かいちゃったかぁ」

「だから……拭いてほしいな」

うーん。無理ですねー。

「そ、それはちょっと……」

「う……うぅ……こうちゃんが……私をいじめる……」

いじめられてるのはどう考えても俺の方ですよ。

「いやいや、お前は今、体調不良でおかしくなってるだけだから。きっとあとで思い出して死にたくなるから、ここは我慢しなさい」

「こうちゃんが、私のこと、おかしいって……うぅ！　**《こうちゃんが私をいじめる！》**」

　ぐっ！　頭痛が！

　こ、こいつ、俺を脅迫する気か！　冗談じゃねぇぞ！

「うぅ……**《こうちゃんがぁ！》**」

　ぐはぁ！　ちくしょう！

「わかった！　わかった！　拭くから！　拭かせてもらうから！」

「ふふふ。やったぁ」

　嬉しそうにしやがって……。つーか、頭痛ってこんな簡単に発生するものだったのか……？　……そう言えば、この頭痛って相手の好感度が急降下した時に発生するんだよな。つまり、俺に対する好感度が高ければ高いほど、その振れ幅は増大する……。

　ということは、最近綾乃の好感度を立て続けに上げすぎたせいでこんなことになってるってことなのか？

　くっ！　やはり猫姫様の言うことを素直に聞いておけば！

「こうちゃ～ん、まだぁ～？」

……とにかく今は、おかしくなった綾乃を正常に戻すか、あるいはこのまま眠らせなければ。このままだとそのうち「こうちゃん好き～」とかさらっと言いかねないぞ。俺その瞬間死んじゃうからな。

「わ、わかった。とりあえず、おでこ拭いてやるから。その乾いた冷却シート剥がすぞ」

「あーい」

この甘えん坊さんめ！　かわいいじゃねぇか！

冷却シートを剥がし、置いてあった白い布をお湯にくぐらせ、綾乃の額に当てがった。

「気持ちいい～」

「そうか。あったかいだろう。眠くなってきたか？　眠くなってきただろう？」

「うん……。少し……」

「よぉし。じゃあ、そのまま目を閉じて羊の数を数えるんだ。そうすればそのまま幸せになれるぞぉ」

「羊ぃ？」

「そうだ。羊だ」

「わかったぁ。……でもその前に、こっちも拭いてほしいなぁ」

綾乃はかかっていた布団をめくると、両手でパジャマの裾を上げ、腹を露にした。

「ほら、もう汗だくなの……」

あわわわわわ！

「ちょ、ちょっと待て、綾乃！　それはさすがに！」

「《え？　もしかしてこうちゃん、私のお腹には触りたくないの？》」

ぐっ！

え⁉　なにこれ⁉　この頭痛がある限り俺に自由はないの⁉

「うう、こうちゃ～ん《**やっぱり、こうちゃんは私のこと嫌ってるんだぁ。私がずっと連絡取らなかったから、それで怒ってるんだぁ。勇気出して戻ってきたのにぃ**》」

ぎゃあ⁉　や、やめろ！　このままだとお前の家が事故物件になるぞ！

だ、だめだ……。今の綾乃は正気を失って幼児化してる……。そのせいで、普段は簡単に流せる俺の行為が受け止められなくなってるんだ……。

な、なんて厄介な存在なんだ、幼児化綾乃！

「わ、わかった……。拭くから……。ほんとに拭くからな⁉」

「あーいっ」

だからそのかわいい返事をやめなさい！　きゅんとしちゃうでしょ！

俺は持っていた布を綾乃の腹にあてがい、ぎこちなくもしっかりと汗粒を拭っていった。

「きもちいい～《あぁ……この夢幸せ～……。ずっと覚めなきゃいいのに……》」

夢？　こいつ、これを夢だと思ってるのか⁉　ぐぬぬ……。お前の夢に俺が登場すると
こんなことをさせられるのか……。

「ほら……。終わったぞ。じゃあ、俺はもう帰――」

「こっちも～」

綾乃は俺が布を持っていた腕を握ると、そのまま上げたパジャマの裾の間から、ずぼっ
と胸の方に押し上げた。すると、布を持っていた手の甲に、柔らかな感触がぶつかった。

ぎゃあああああ！　柔らかぁぁ……えっ。みずきさんと全然違うじゃないですか。どうな
ってるんですかこの弾力。

「綾乃！　ギブ！　ギブ！　もう無理！」

「まぁだぁ。……えへへぇ。この次は下も拭いてねぇ」

あぁ……。もう無理です……。これ以上弄ぶのはおやめください……。

あまりの衝撃に俺の意識が朦朧とし始めた頃、なんの前触れもなく、ピンポンとチャイ
ムの音が鳴り響いた。

「んー？　チャイムー？」

綾乃がぼんやりとした頭のまま、そっと俺の腕を離した。

チャンス！

その隙を見逃さず、すかさず手を引っ込め、めくれていた掛布団を綾乃にかけなおした。

チャイムの音でゆっくりと覚醒し始めたのか、綾乃の目に普段の鋭さが戻ってくる。そして、綾乃は不審そうな目で、となりにいる俺を睨んだ。

「えっ？　ちょっと！　ひ、人が寝てるところをそんな近くで見られると、さすがに恥ずかしいんだけど……《びっくりしたぁ。あんな変な夢見たあとだから、なんだか、ちょっとこうちゃんと顔合わせるの恥ずかしいな……》」

安心しろ。お前はもうこの上なく恥ずかしい奴だって知ってるから。

にしても、夢と現実の区別がつかないってやばくないですか？　職業病とかいうやつじゃないですか？　一度診てもらった方がいいですよ。あと夢の中の俺に好き放題させるのはやめてください。

もう一度チャイムの音が鳴ると、綾乃は面倒くさそうにため息を漏らし、ベッドから這い出てきた。

「起きて大丈夫か？」

「ええ。少し眠ったおかげで、体がすっきりしてすごく気分がいいの」

俺が拭いたからだよこの野郎！

綾乃はそのままおぼつかない足取りで部屋を出て、一階へ下りて行き、催した俺もそのすぐ後ろについて行った。

「ちょっとトイレ借りるぞ」

「ええ。トイレはそこの扉よ。座ってしてね。汚れるから」

「……はい」

しっかりしてるなぁ……。まるで結奈みたいだ。

階段を下りたところから居間の方へ進んだところにある扉を開き、その中に入った。

便器に座ると、どっと疲れが押し寄せてくる。

はぁー……。疲れたぁー……。もう帰りたぁい……。

用を足していると、「げっ」という、綾乃のあからさまに嫌そうな声が聞こえてきた。

なんだ？　変な奴でも来たのか？

便器に座ったまま耳をそばだてると、カチャカチャと音がして、綾乃がチェーンを扉にかけているのがわかった。

なんだか警戒してるな。そんなに不審な相手でも来たのか？

ガチン、とチェーンが伸び切る音がして、

「なにか用かしら、西園寺君」

西園寺？　まさか、みずきがここに来たのか？　でもどうして？

「あ、ご、ごめんね、突然押しかけちゃって《さっき、げっ、って言ったのって、どう考えてものぞき穴でボクの姿を見たからだよね……。ボク、夢見ヶ崎さんにそんな嫌われてるのかな？》」

みずき、お前は今男のフリをしてるんだぞ……。綾乃からしたら、特に仲良くもない男子が突然家に訪問してきたことになるし、そりゃある程度警戒するぞ。

「……それで、用はなに？」

「う、うん……実は、雨宮先生に頼まれてプリントを届けに来たんだ」

「そうなの？　でも、どうして西園寺君が？」

「ほんとは雨宮先生、幸太に頼むつもりだったみたいだけど、幸太は用事があるってさっさと帰っちゃったから……。だから、夢見ヶ崎さんの家の住所を知ってるボクが代わりに来たんだよ」

「……西園寺君にうちの住所を教えたことはないのだけれど……。まさかストーカー？」

「違うよっ！　幸太の家のとなりに引っ越して来たって聞いてたから知ってただけだって！　……ところで夢見ヶ崎さんは、幸太の家がとなりだからここに引っ越してきたの？」

「……ま、まさか。偶然よ、偶然《ほんとはお父さんに頼み込んでここにしてもらったなんて、口が裂けても言えないわね……》」

　ストーカーはお前じゃねぇか。

「……プリント、ありがとう。でも、次からは机の中に入れておいてくれればいいから」

「う、うん……。《もう来るなってことだよね……。やっぱりボク、夢見ヶ崎さんに嫌われてるのかなぁ》」

　ガサガサと、チェーンがかかった扉越しにプリントが受け渡しされる音がする。

「あ、それと……あの手帳って、ちゃんと幸太から返してもらった？」

「……手帳？　手帳なら昨日、幸太からきちんと返してもらったけど……。どうしてあなたがそのことを知ってるの？」

「え？　だって、昨日幸太が学校中走り回って、夢見ヶ崎さんの手帳を捜してたよ？」

「走り回ってた？《でも、手帳はたしか、机の中に置きっ放しになってたって……》」

　しまった……。綾乃の好感度を上げたくなくて嘘をついてたんだった……。

　くっ！　それ以上喋るなみずき！　話がややこしくなる！

「うん。それで結局雨宮先生が手帳を拾ってたんだけど、直接本人に渡さないといけないから返せないって言われてて。そこから幸太が頼み込んでどうにか手帳を返してもらったんだよ」

「そうだったの……《西園寺君の話が本当だとしたら……こうちゃんはどうして私の手帳を机の中で見つけた、なんて嘘ついたんだろう……》」

またあとでうまい言い訳を考えないと……。

「ところでさぁ、夢見ヶ崎さんの夢ってなんなの？」

……ん？

「夢？　どうして突然そんな話になるの？」

「幸太がね、雨宮先生に手帳を返してくれって頼んでる時に言ってたんだよ。『俺、あいつの夢を応援してやりたいんです。こんなところで躓かせたくないんです。だから、お願いです、雨宮先生。綾乃の手帳、返してください！』って」

一字一句間違いなく覚えてんじゃねぇよ！

……つーか最悪だ。そんな話綾乃に聞かせたら、また俺への好感度が上がっちまうかも。

「……今の」

「え？」

「今の、本当にこうちゃんが言ってたの？」

「こうちゃん？　あぁ、幸太のこと？　うん。そうだよ。大きな声だったからね。間違いないよ」

「《ずっと……ずっと不安だった……。こうちゃんに、あんな出来の悪い小説読ませて、おもしろくないだなんて言わせて……それでもこうちゃんは私のことを応援してくれるのか、ずっと不安だった。……新しく書いた小説の感想も怖くて聞けなくて……心の中では呆れてるんじゃないかって、ずっと怖かった……そのこうちゃんが……こうちゃんが、私のことを、応援してくれてる！》」

綾乃……？

「ところで、夢見ヶ崎さんの夢って――」

「ごめんなさい、西園寺君。今忙しいの。また明日学校で会いましょう」

「え？　あ――」

バタン。

玄関扉が閉まってしばらくすると、外からみずきの声が飛んできた。

「お大事にねー、夢見ヶ崎さん！」

そうして、とことことみずきの足音が離れていくと、家の中はしんと静まり返った。

ゆっくりとトイレの扉を押し開き、玄関の方を確認すると、綾乃が目を真っ赤にしながらも、凛とした姿でこちらを見据えていた。

そしてその上空にはなぜだか、ピンク色をしたハート形の物体がぷかぷかと浮かんでいて、その中には【十】とだけ表示されていた。

なんだ……あれ。風船？

見ていると、その数字はカチリと音を立て、表記が【九】へと変更された。

まさか……これ……。

告白へのカウントダウン……？

またもカチリと音がすると、今度は【八】と表示される。

ようやくなにが起こっているのかを理解すると、サッと背筋が冷たくなり、凄まじい焦りが胸中を駆け巡った。

まずいまずいまずいまずい！

告白されたら死ぬなんて、ずっと現実味がなかった。

本当はなにかの間違いだと、頭の隅っこで思っていた。

けれど、その歪な存在、あるはずのないハート形の物体をいざ目の当たりにすると、恐怖で頭の中が支配された。

心臓がバクバクして、呼吸ができなくなり、目の奥がカッと熱くなる。

【七】

「ひっ⁉」

猫姫様に聞かされた話が脳裏を過る。

『嫉妬の神』は死に際の恐怖をじっくりと味わわせるために、十秒のカウントダウンを設けたという、あの話を。

それはまさにその通りで、『嫉妬の神』の目論見通り、俺はそのカウントダウンの数字が恐ろしくてたまらなかった。

「ねぇ、幸太。ちょっと話があるの」

【六】

気づけば、俺は情けない叫び声を上げながら、一目散に階段を上っていた。手と足を使い、不格好に、けれどできるだけ早く階段を上った。

だが、これは悪手だった。さっきまで綾乃の部屋にいた際、窓から逃げれば助かるという作戦を考えていたため、この土壇場でついその窓がある二階へ行ってしまったのだ。

くそっ！　間違えた！　居間の方へ行けば庭に出られる窓があったはずなのに！

振り返ると、不思議そうな顔をした綾乃がこちらに向かって足早に近づいてきていた。

「こうちゃん！　待ってよ！」

【五】

あ、あと五秒⁉

【四】

ぐっ⁉

とにかく今は逃げることに集中しろ！　他のことは考えるな！

綾乃の部屋の扉を勢いよく開き、中へ入る。だが、足元に置いてあった綾乃の学生鞄に足を取られ、大きく回転しながら床に転がってしまった。

ひょこっと顔を覗かせた綾乃が、転んでいる俺を見て驚いた表情でこちらに駆け寄った。

「ちょっと！　大丈夫⁉」

【四-STOP-】

な、なんだ？　数字の下に文字が……。……ストップ？　カウントダウンが止まってるのか？

「怪我はなさそうね……。よかった」

【三】

また動き出した！　そ、そうだ！　このカウントダウン、気を逸らしたりして止めることができるんだ！　猫姫様ともそのことを話してたじゃないか！　あまりの恐怖でそのルールを忘れて、逃げることで頭の中がいっぱいになってた……。

「幸太、あのね、私、実は……」

【二】

あと二秒しかない！

考えろ！　考えろぉ！　なにか、なにか策は！　綾乃の気を逸らす、なにか――

「実は……幸太のことが――」

【一】

……あ……これもう……………………死……。

死を予期した瞬間、走馬灯のように、とある記憶が蘇った。

◇　◇　◇

それはつい昨日のこと。雨宮先生から綾乃の手帳を取り返し、トークショーの会場へ向かっている最中、道端に落ちていた空き缶を踏んづけてしまい、俺は派手にアスファルトの地面に転がってしまった。

「いたたた……。くそ……。前も猫助けるためにこけたばっかりなのに……。って、あれ？　手帳がない！」

辺りを見渡すと、道路わきの溝に綾乃の手帳が落ちていて、俺は慌てて手帳のもとまで駆け寄った。

「あぶねぇ……。ここまで来て、転んで手帳なくしました、じゃ泣くに泣けないしな……ん？　あれ？　手帳のボタンが外れて中が…………なっ!?　こ、これはっ!?」

その手帳の中は、びっしりと文字で埋め尽くされていた。

『【第一九八三回　こうちゃんとやる　～私はイヤホンになりたい～】

今日はあんまりこうちゃんとお話できなかったよぉ……。うぅ……。せっかくまたこうちゃんと一緒にいられるのにぃ……。

いっつもお話しようとすると緊張して顔が強張っちゃう……。でもきっとそのうちまた昔みたいに、たぁくさん、たぁくさんこうちゃんとお喋りして、いっぱい、いーっぱい、いぃいぃいっぱい！　こうちゃんと遊べるようになるはずだよね！

じゃあ今日も張り切っていってみよぉー！

第一九八三回！　こうちゃんとまたたぁくさん遊べるようになったら、やりたいこと！

な、な、なんと！　こうちゃんって音楽鑑賞も趣味だったんだって（結奈ちゃん情報。信頼度高し）！　知らなかったぁ！　こうちゃんがイヤホンをつけて音楽聞いてる姿見たら、きっと興奮して眠れなくなっちゃう！　だって絶対かっこいいもん（言っちゃったっ、てへっ）！

私が前使ってたお古のイヤホンあげたら喜んでくれるかな……？　でもあれ、こっそり録音したこうちゃんの声を再生するにはイマイチなんだよねぇー。こうちゃんの本来持ってる声質をうまく再現できていないというか、こうちゃんの声はもっとこう、独特のトーンの中に艶めいた色気がある感じなのね。やっぱりそういう繊細なところをきちんと再現できてないイヤホンなんてあげても嫌がられるかなぁ……。

そうだっ！　じゃあ今使ってるイヤホンをもう一つ買ってこうちゃんにあげればいいんだぁ！　あれならこうちゃんの声の再現度もそこそこあるし（ま、本物には到底かなわないんだけどねっ）！

ふふふ。私ったらあったまいい！　また夢の中でこうちゃんに頭なでなでしてもらわなくちゃ（なでなで以上でも可）！

それでねぇ、こうちゃん、そのイヤホンを片方ずつこうちゃんと一緒に使うの！　『この音楽、素敵だね、こうちゃん』『お前の方が素敵だよ』的な（きゅんっ）！　そしてそのまま見つめ合って、お互いの唇――』

俺は、静かに手帳を閉じた。

頭の中に流れた過去の記憶。

それだけが、俺に残された、たった一つの生きる道だった。

「俺は！　綾乃の手帳の中身を見た！」

そう大声で叫ぶと、綾乃がぴくっと肩を震わすのがわかった。

直後、カウントダウンの数字に文字が追加される。

【一-STOP-】

……と……止まった……のか？

綾乃は目の前で硬直したまま、身じろぎ一つしない。

ハート形の物体に表示されているカウントダウンも【一-STOP-】のまま一向に動き出そうとはしなかった。

家の前の道路をチリンチリンと音を立てながら自転車が通りすぎると、綾乃はダラダラと汗だくになりながら、決して目は合わせず、上ずった声で言った。

「……見たの？」

「……すまん。……その、手帳を落とした時、偶然開いちゃって……少しだけ……」

「……どのページを見たの？」

「…………………………………………………………イヤホンのやつ」

綾乃は両手で頭を抱えると、「ぎゃあぁぁぁぁぁぁ！」と、エクソシストに退治される悪魔のように叫んだ。

「見ちゃだめって言ったのにぃぃぃぃ！　見ちゃだめって言ったのにぃぃぃぃ！　《わ、私が長年書き溜めてたこうちゃんとの妄想日記がぁぁぁぁ！　しかも！　第一九八三回目のやつ！　あれはかなりハードな内容で、見られただけで社会的に死ぬレベル！》」

やっぱりあれ、妄想日記だったのか……。

綾乃の気を逸らすために咄嗟に手帳を見ちゃったことを言ったけど……悪いことしたな。

綾乃は床をゴロゴロと転がり、時折エビ反りして頭を抱えたり、苦痛の雄叫びを上げたりしている。

「あぁぁぁぁぁぁぁ！　見られたぁぁぁぁぁぁ！　もう生きていけないぃぃぃぃぃ！」

お前は生まれ変わったらイヤホンになりたいの？　とか、俺の声録音してたの？　とか、ふざけたツッコミを入れることすらできなかった。そんなことを言えば、きっと綾乃は今すぐそこの窓から飛び降りて、もう二度とこの家には帰ってこないと思ったからだ。

俺はできるだけ綾乃の心を乱さないように、腫物を扱うように慎重に言葉を選んだ。

「……あ、綾乃……その…………元気出せよ」

「おざなりだもの！　励ましの言葉がおざなりだものぉぉぉぉぉぉ！」

ほんと、申し訳ない……。

俺も命がかかってるんだ……許せ。

四つん這いになって嗚咽し始めた綾乃の頭上で、例のハート形の物体に変化が生じた。

【ＣＬＥＡＲ】

クリア？

次の瞬間、浮かび上がっていたハート形の物体は、シュー、と空気が抜けるような音を伴い、徐々に小さくなって、そのまま綺麗さっぱり消え去った。

消えた！　これはつまり、手帳を見られて焦った綾乃が、告白どころじゃなくなったってことだよな。

よかった……。とにかく、俺が今すぐここで死ぬことは回避できたわけだ……。

……にしても。

「殺して……もういっそ…………殺して…………」

どうすんだよ、これ。

綾乃はピクピクと痙攣しながら、顔からいろんな液体を垂れ流してぐったりとしている。

今回は手帳のおかげで助かったけど、この件をこのまま放置しておくのはまずいな。

今はみずきのせいで血迷って俺に告白しようとしてきたけど、冷静になればまたすぐにその気はなくなるはず。

だけど、俺が手帳を見たと知ったことで、綾乃自身が、俺に対して好意を持っていることがバレたと自覚している状態だと、バレてるならもう告白しちゃえ、と後々吹っ切れられる可能性が高くなってしまう。

ここは今後のため、その芽を早々に摘んでおかないと。

「綾乃……」

ごろんと横になって涙を流している綾乃の肩がピクリと反応する。

「…………」

「なぁ、綾乃……ほんとに悪かった。手帳を見るつもりなんてなかったんだ。たまたまだったんだ」

「…………《そんなこと言われても……もう、バレちゃったじゃん。私がこうちゃんのこと好きだって……私が、こうちゃんとの妄想を毎日書きなぐってる変態だってバレちゃったじゃん》」

「……怒ってるか？」

「…………《あー。もー。どうしてこんなことになっちゃったんだろう……。私さっきまでこうちゃんに告白しようとしてたのに……それがどうして……》」

「……そりゃあそうだよな。だって、俺が、その……綾乃が大切にしてる、小説のネタ帳を見ちまうなんて」

「…………《ネタ帳？》」

綾乃はむくっと上半身を起こすと、首を傾げて俺の言葉を待った。

「俺はよくわからないけど、小説家ってそういうの人に見られるの嫌がるって聞いたことあるし……。綾乃が手帳を見られたくないって知ってたのに……ほんとにごめん」

「…………《おやおや？　これってもしかして、こうちゃん、私の妄想日記に気づいてない？　全部小説のネタとして書いてたと思ってる？　そんなことってありえるの？　……でも、あの鈍感なこうちゃんなら……。だって、私が二ＴＢ分もこうちゃんの声をこっそり録音しても一度もバレてなかったし》」

二ＴＢ!?　音声ファイルで二ＴＢ!?　まだ再会してから一カ月も経ってないのに!?

……お、落ち着け。大丈夫だ。うまく誘導できてる。このまま俺が、あの妄想日記をネ夕帳と勘違いしていると思わせることで、綾乃は自分自身の好意が俺に伝わっていないと考え、自棄を起こして告白したりはしなくなるはず……。それにその方が綾乃の精神衛生上にもいいだろう……。

「……ねぇ、幸太。さっき私が話しかけようとした時、どうしてここまで走ってきたの？」

自分が告白しようとしてたことに、俺が気づいてたか知りたいのか？　だったら——

「え、えっと、ほら、昔よく追いかけっこしてただろ？　それで、ちょっと懐かしくて、つい……」

「ふ～ん……。そう《どうして突然そんなことを……。でも、やっぱりこうちゃん、私が告白しようとしてたことにも気づいてないんだ！》」

綾乃は目元にたまっていた涙をぐしぐしと拭うと、またいつも通りの冷めた表情に戻り、スッと立ち上がった。

「ところで聞きたいのだけれど、さっき西園寺君が来て教えてくれたわ。昨日、雨宮先生が私の手帳を拾って、幸太が取り戻してくれたとか。それって本当？」

ここはみずきの証言を否定する嘘をつくより、素直に肯定した方がいいか。

「……あぁ、悪い。綾乃が気にすると思って黙ってた……。机の中に置いてあったって言った方が安心すると思って」

「そう……《先生には見られたかもしれないってことか……。たしかに気が重くなる話だけど、他の生徒が拾ってたっていうよりはずっとマシかな。先生なら中身を見たとしても、むやみに言いふらしたりはしないだろうし》」

綾乃は手帳を大事そうに握りしめると、

「じゃあ、また言わなくちゃいけないわね」

「言う？　なにを？」

綾乃は照れくさそうに目を逸らすと、

「ありがとう。私の手帳を取り戻してくれて」

それは、お礼というには少々ぶっきらぼうだったが、その気持ちだけはたしかに伝わってきた。

「どういたしまして」

エピローグ

翌朝、いつも通り学校の最寄り（もより）駅で降りると、その近くに白夜（びゃくや）がちょこんと座っていた。

「おー。白夜ぁ。この前はありがとなぁ。ちょうど今から行こうと思ってたところなんだけど、一緒（いっしょ）に来るか？」

「にゃー」

「そうかそうか。……よいしょ」

足元にすり寄ってきた白夜を抱え、もふもふしながら神楽猫（かぐらねこ）神社へ赴（おもむ）いた。

境内（けいだい）には、威張（いば）ったように腕を組み、尻尾（しっぽ）をふりふりしている猫姫様（ねこひめさま）が立っている。

「猫姫様、この前はありがとうございました。おかげで助かりました」

有料だったけどな。

「うむっ。くるしゅうない。面（おもて）を上げい」

「上げてます。最初から」

「ふむ。それで？　今日はその、なにか……」

猫姫様は落ち着かない様子で、俺が持っているビニール袋をちらちらと盗み見ている。

抱えていた白夜を下ろし、そのビニール袋を猫姫様に差し出した。

「これ、お礼の品です」

「どれどれ？　おっ！　むふふ。これじゃこれじゃ」

ち〇～る気に入ったんだな……。

猫姫様は一頻りビニール袋の中に感嘆の言葉を詰め込んだあと、はっとこちらに向き直り、呆れたように眉を下げた。

「それはそうとじゃな、今回はたまたまうまくいったものの、次はどうなるかわからん。じゃから、くれぐれもこれからは、わしの忠告を無視するでないぞ」

「はい……。すいません……」

「……それと……まぁ、その……この前はわしもちと言い過ぎた。大切な者を傷つけたくないというお前の気持ちはわからんでもない」

「猫姫様……」

「じゃが間違っても、他者を助けるため、自分の命を危険に晒そうなどとは思うなよ？　お前が死ねばわしの責任問題にもなりかねんしな。くれぐれも気をつけるんじゃぞ？　わかったな？」

「はい。肝(きも)に銘(めい)じておきます」

「うむ。わかればよい」

去り際、猫姫様はこんなことを言った。

「そのふざけた能力も、お前が学校を卒業すれば消える。それまでの辛抱(しんぼう)じゃ」

「……たしかに、異性の心の声が聞こえる代わりに告白されたら死ぬ、なんて能力、ふざけてますよね。……でもね、猫姫様。俺はこの能力、そこまで嫌いにはなれないんですよ」

「む？　なぜじゃ？」

「だってこの能力のおかげで、また綾乃(あやの)と友達に戻れたんですから」

「……ふむ。ま、そういう考え方もできんことはないのぉ。じゃが、危険な能力じゃということはくれぐれも忘れんように。なにか困ったことがあればわしのところに来るがよい」

「ありがとうございます。頼(たよ)りにしてますよ、猫姫様」

「うむ」

そうして、俺は神楽猫神社をあとにした。

ホームルーム開始前。教室。

自分の机にやってくると、その一つ横の席で綾乃が鋭い眼光をこちらに向けてきた。

「……おはよう、幸太《あれ？　てっきりこうちゃんは先に学校に行ったと思ったんだけど……どうして私より遅いんだろう？　どこか寄り道でもしてたのかな？　ふふふ。でも、今日も普通にあいさつできたぞっ。こうちゃんと話すのもだいぶ慣れてきたなぁ》」

その険しい表情はどうにかならないのか？

「おはよう、綾乃。もう体調はいいのか？　昨日はいろいろ悪かったな……」

「体はもう大丈夫よ。……そ、それと、あのことはもう忘れてちょうだい……《こうちゃんに手帳を見られてたって知って、あんなに取り乱しちゃうなんて……。恥ずかしくて昨日はよく眠れなかった……。でも、私がこうちゃんのこと大好きだって気づかれなかったから大丈夫だよねっ》」

うん。そうだねー。

席に腰を下ろすと、前に座っていたみずきがこちらを振り返った。

「おはよう、幸太」

「おはよう。……そうだ。お前にちょっと渡したい物があるんだけど」

「渡したい物？」

雨宮先生から託された大量のみずきの写真を、あらかじめ入れておいた茶封筒ごとみずきに手渡した。

みずきはその中を興味深そうに見ると、「げっ！」と眉をひそめた。

「ど、どうしたの、これ⁉」

「実は、お前を盗撮してる犯人とばったり出くわしてな……」

「えっ⁉　だ、誰だったの⁉」

「それは……まぁ、知らない方がいい。今後はもう盗撮なんてしないって約束させて、こうして盗撮してた写真も返してもらったから……できればみずきもそんなに犯人を責めないでやってほしいんだけど……」

「そ、そう……？　まぁ、幸太が言うなら……《……でも、よかった。実はちょっと気にしてたんだよねぇ……》」

みずきは改めてこちらに向き直ると、

「ありがとう、幸太！　おかげで安心して学校に通えるよ！」

「おう」

礼を言い終えたみずきは、途端に思い出したように声を上げ、不満げに顔を歪ませた。

「あっ、そうだ！　ねぇ、聞いてよ幸太ぁ！」

「なんだ？」

「この前さぁ、近くの本屋さんで詩仁竹子先生のサイン会があったんだって！　ボク全然知らなかったんだよぉ！　うぅ……。詩仁先生のサイン……欲しかったなぁ……」

　しばらくの間うだうだと愚痴るみずきをなだめていると、となりにいた綾乃からぽつぽつと心の声が聞こえてきた。

「《西園寺君、私のファンなんだ……。そう言えば前にもそんなこと言ってたかも……。あの時は……再子さんから、文章が海藤一花に似てるから直せって散々言われてて、でもうまく直せなくて苛立ってて……。西園寺君から、私と海藤一花の文章が似てるって言われて腹が立って……八つ当たりして……。今思い出すと、私、最低だったかも……。あのこと、謝ったら許してくれるかな……》」

　綾乃はそんなことをだらだらと考えたのち、ようやく決心して席を立つと、俺の机にうなだれているみずきのもとまで近寄った。

「西園寺君、ちょっといいかしら？」

　突然やってきた綾乃に、みずきはビクリと体を強張らせる。

「えっ？　えっと……夢見ヶ崎さん？　《ど、どうしよう！　めっちゃ睨んでる！　ボク、またなにかしちゃったのかな⁉》」

「……サイン」

「サ、サイン……？」

綾乃は、少し照れくさそうに視線を逸らし、

「…………詩仁竹子のサイン本、うちに余ってるから、今度、一冊あげるわ」

「……え？　えっ⁉　嘘っ⁉　ほんとに⁉」

「ええ。それと……この前、手帳を拾ってくれた時、態度悪くてごめんなさい。反省してる。……その……手帳、拾ってくれてありがとう《あと、こうちゃんのこと教えてくれたことも……》」

「う、うんっ。どういたしましてっ。こちらこそ、ありがとうっ《夢見ヶ崎さん、急にどうしたんだろう？　もしかしてボク、そこまで嫌われてないのかな？》」

◇　◇　◇

俺の読心能力は万能ではない。たとえ異性の心の声が聞こえたとしても、それはその時相手が考えていることしか伝わってこない。

高校を卒業し、この能力が消えるまで、残り二年弱。それまで無事に過ごすためには、

正直、経験不足と言わざるを得ない。

……でもまぁ、結局俺に特別好意を抱いているのは綾乃だけなわけだし、そう気負わなくてもいいのかもしれないな。

まさか、綾乃の他にも俺を好きになるような変わり者が増えるとは思えないし……。

とにかく俺は、残り二年弱を平穏に過ごし、無事学校を卒業して、真っ当な生活を取り戻すんだ。

◇　◇　◇

ふと、となりの席に座っている綾乃に目を移した。

綾乃の好感度をこれ以上上げるとまた猫姫様に怒られそうだけど……でも、これだけは言わなくちゃいけないよな……。

「なぁ、綾乃」

「ん？　なによ？」

「……『海岸線で君想う時』、すごいおもしろかったよ」

「……そう。ありがとう」

そうやって表情を変えずに答えた綾乃の心の声が、次々と流れ込んでくる。

「《やったぁぁぁぁぁぁ！　ついにこうちゃんに褒められたぁぁぁぁ！　あぁ、もう！　どうしよう！　嬉しすぎてまたにやけそう！》」

テンション高いなぁ……。

「《ふふふ。それにしても……こうちゃんにあのことがバレなくてほんとよかったぁ》」

あのこと？　俺を好きだってことか？

それならもう知ってるけど……。

「《……私がこうちゃんのこと好きすぎて、こうちゃんとの妄想しか小説にできないって、バレなくてほんとによかったぁ》」

……えっ⁉　ちょっと待て！　じゃあ、あの『海岸線で君想う時』の主人公とヒロインって、俺と綾乃なの⁉　あのずっとイチャイチャしてるカップルが⁉

「幸太？　どうしたの？　変な顔して」

お前、どんだけ俺のこと好きなんだよ！

了

あとがき

『いっつも塩対応な幼なじみだけど、俺に片想いしているのがバレバレでかわいい。』をお読みいただき、ありがとうございます。

生涯で二作目、通算三冊目となる本作は、ライトノベルとしては珍しかった前作のレース物とは違い、王道のラブコメ物となっております。

小説家としてデビューする前にはホラー小説ばかり読んでいた自分が、まさかラブコメを書く日が来るとは……と思いながら執筆していましたが、そういえば前作からすでにラブコメ要素はふんだんに盛り込んでいたなぁ、と今更ながらに実感しました。

前回は新人賞の受賞作ということもあり、あらかじめ用意された原稿を担当編集さんとともに改稿する形でしたが、今回は企画書からがっつり直しが入ったので、より一層大変さが増しました。

最初に提出した企画書の段階では人死にが出る予定でしたが、担当さんから「そういうのいいから」と一蹴され、なんだかんだ現在の形に落ち着きました。

今読み返してみれば、たしかに人死にはない方がよかったな、としみじみ思います。

最近は、どうぶつたちと一緒に無人島で過ごすゲームや、米を作って農具で敵を倒すゲームにハマっていましたが、長時間プレイしてさすがにお腹いっぱいになったので、なんとなく昔やっていたFPSを続けて三周しました。もう少し有意義な時間の使い方をしたいと思いながらも、ゲームから離れられません。寝ても覚めてもゲームのことばかり考えています。

続刊が出るのかどうかは今の時点ではわかりませんが、もしもそうなった時、少しでもゲーム脳から復活するため、気晴らしに寒空の下、半日ほど散歩に出たら、何故だか同じゲームソフトを三本買って帰宅することになりました。

どうしてこんなことになったのかはよくわかりません。散歩中にあまりの寒さに根負けし、本屋で立ち読みでもしようかと思ったのですが、コロナの影響でそれはかなわず、しかたなくゲームコーナーをぼんやりと歩いていたら、高校生の時死ぬほどやっていたP○Pのソフトを発見し、値段が手ごろだったのでつい購入してしまいました。そんな感じで寒さを凌ぐために次々店によって、何故か目についた同じソフトばかり購入することに……。きっと寒さで判断力が乏しくなっていたんだと思います。

あまったゲームソフトはメ○カリで売ることにします。

謝辞です。

前作に引き続き、今作も細かい指示を出してくれた担当編集者様。本当にありがとうございました。今後ともよろしくお願いいたします。

今作のイラストを担当していただいたbun150様。毎回表情豊かなキャラクターたちのイラストをありがとうございました。いきいきとして動きのあるキャラクターたちに、イラストをもらうたび驚くばかりでした。おかげさまで想像していたよりもずっといい小説になったと思います。今後ともご縁がありましたら、よろしくお願いいたします。

そしてこの本を手に取ってくださった読者の皆様。本当にありがとうございます。

今後とも応援していただけたら幸いです。

またいつかお会いできることを祈っています。

HJ文庫 http://www.hobbyjapan.co.jp/hjbunko/
921

いっつも塩対応な幼なじみだけど、俺に片想いしているのがバレバレでかわいい。1

2021年2月1日　初版発行

著者――六升六郎太

発行者―松下大介
発行所―株式会社ホビージャパン

〒151-0053
東京都渋谷区代々木2-15-8
電話　03(5304)7604（編集）
　　　03(5304)9112（営業）

印刷所――大日本印刷株式会社

装丁――AFTERGLOW／株式会社エストール

Printed in Japan

ISBN978-4-7986-2418-1　C0193

ちょっぴりヤバめな秘密のある女の子が恋人ってどうですか？ 1

著者／空埜一樹
イラスト／マッパニナッタ

美少女たちの秘密を知っているのは何故かオレだけ!?

オレ天宮月斗には秘密があるが――それを誰かに見られてしまった!!　目撃した容疑者は生徒会の美少女たち。犯人を捜して生徒会に入り込んだオレだったが、実は彼女たちにもヤバい秘密がいっぱいで!?　美少女たちとのちょっぴり危ない秘め事ラブコメディ、開幕!!

ピンク色のリトルマーメイド！ 1

著者／鼈甲飴雨
イラスト／イチリ

俺が美少女小学生たちの競泳コーチに就任!?

水泳をこよなく愛する男子高校生・鷺沢薫。彼は自由にプールが使えるという条件で女子が大半を占める学園に編入するが、同時に女子小学生４人の競泳指導も引き受けることに！　一癖も二癖もある美少女たちに振り回される――かと思いきや、振り回すのはむしろ薫の方で……!?

恋愛経験ゼロですけど、私を選んでくれますか？

著者／猫又ぬこ
イラスト／秋奈つかこ

この中にひとり、俺を愛してくれる人がいる!!

差出人不明のラブレターを受け取った俺、宮桜士。ラブレターを出したと思われる女の子を3人まで絞りこんだが、その全員が所する「お姫様研究部」に唯一の男性部員として入部することになり、夢のハーレム学園生活が始まることに！学園ラブコメの俊才が贈る、新感覚ハーレム系恋人探し！